中华古典文学选本丛书

唐诗三百首

上册

〔清〕蘅塘退士 编
张忠纲 评注

中華書局

图书在版编目(CIP)数据

唐诗三百首/(清)蘅塘退士编;张忠纲评注. —北京:中华书局,2023.6
(中华古典文学选本丛书)
ISBN 978-7-101-15759-8

Ⅰ.唐… Ⅱ.①蘅…②张… Ⅲ.唐诗-诗集 Ⅳ.I222.742

中国版本图书馆CIP数据核字(2022)第094601号

书　　名　唐诗三百首(全二册)
编　　者　〔清〕蘅塘退士
评　　注　张忠纲
丛 书 名　中华古典文学选本丛书
责任编辑　陈　虎　孟念慈
责任印制　陈丽娜
出版发行　中华书局
(北京市丰台区太平桥西里38号　100073)
http://www.zhbc.com.cn
E-mail:zhbc@zhbc.com.cn
印　　刷　大厂回族自治县彩虹印刷有限公司
版　　次　2023年6月第1版
2023年6月第1次印刷
规　　格　开本/880×1230毫米　1/32
印张21⅝　插页4　字数300千字
印　　数　1-5000册
国际书号　ISBN 978-7-101-15759-8
定　　价　68.00元

前　言

中国是一个诗的国度，古典诗歌是我国优秀文化遗产的重要组成部分。在几千年的历史长河中，古典诗歌犹如灿烂群星，以其独具的魅力辉耀时空，久传不衰。而唐诗无疑是这浩瀚星空中一颗璀璨夺目、闪射异彩的超级明星，照耀着一千多年来的诗坛，在国内外产生了广泛而深远的影响。

唐代是中国封建社会的黄金时代，“贞观之治”“开元盛世”，政治开明，经济繁荣，国力鼎盛，中外交流空前频繁，这就为诗歌的发展培育了肥沃的土壤。“盛唐气象”是中国历史发展的特异现象，需要历史学家、哲学史家和文化史家作出科学的阐释。而唐人独具的那种气势恢宏的开放意识和浑灏沉雄的审美观念，对诗歌的繁荣无疑具有特殊的意义。而“安史之乱”后盛极而衰的历史巨变，更带给唐代诗人无穷的哲理思考。唐诗的深情幽邈，拗折险怪，跌宕豪雄，风格多样，与这种深邃而沉重的历史反思不无关系。唐代历史现实的错综复杂，决定了唐诗的千姿百态，精彩纷呈。结果是诗篇如海，作家如林。仅就清代所编《全唐诗》计，就有作家三千多人，诗篇五万余首，不谓绝后，允称空前。而像李白和杜甫这样“诗歌史上的双子星座”，真可称得上是空前绝后的了。

唐诗犹如浩瀚无涯的汪洋大海，若想畅游其中，自非一般人所能及。若能择其精华，汇为一编，使一般人能酌一勺而知大海、据一斑而窥全豹，自是切实可行而又功德无量的善举。而清人孙洙所编《唐诗三百首》，正是适应了这种历史的需要和群众的渴望，可谓应运而生，故能风行海内，流传久远。孙洙，字临西，号蘅塘退士，江苏无锡人。生于清康熙五十年（1711），卒于乾隆四十三年（1778），正当“康乾盛世”。他生性颖敏，家贫好学。乾隆十六年进士及第，历官大城、卢龙、邹平知县，多有政绩。后改江宁府教授。著有《蘅塘漫稿》。《唐诗三百首》是其与继室徐兰英合编，书成于乾隆二十八年（1763）。书名盖取“诗三百”之义，共选诗三百九篇，诸体具备，计五古四十首，七古四十二首，五律八十首，七律五十一首，五绝三十七首，七绝五十九首。道光年间，上元女史陈婉俊为之补注，四藤吟社刊刻时，以孙洙只录杜甫《咏怀古迹五首》中之二首，未为全豹，则为补全五首，故今行本共收诗三百一十二首。该书选诗较精，涵盖面广，很有眼光，所选多为唐诗中脍炙人口的名篇，包括了唐诗各个时期、各个流派的代表作。全书共收七十七位作者（包括“西鄙人”和无名氏）的作品。因编者学诗宗杜甫，故选杜甫诗最多，共三十九首，计五古五首，七古九首，五律十首，七律十三首，五绝一首，七绝一首。杜甫各个时期的重要作品都有选录，从青年时期的《望岳》，困守长安时期的《兵车行》《丽人行》，陷贼时的《春望》《月夜》,流离陇蜀和夔州时的《佳人》《蜀相》《丹青引》《闻官军收河南河北》《登高》《咏怀古迹》《观公孙大娘弟子舞剑器行》,直到最后漂泊湖湘时的《登岳阳楼》,都是传诵千古的名篇,代表了杜诗的最高成就。所选杜甫的交游诗,更表现出编者的卓识。杜甫一生交游甚广,赠别酬答之作多不胜数,而编者着重突出了李白、严武、房琯三人。杜甫与李白友情最深,成为文坛佳话,编者选了《梦李白二首》《天末怀李白》等三首。杜甫在生活上倚重严武独多,选了《奉济驿重送严公四韵》。杜甫与房琯在政治上休戚相关,疏救房琯为杜甫一生之大节,杜甫的被贬和漂泊流离生涯,与房琯的罢相有着直接关系,所以编者选了《别房太尉墓》。从这些诗中,不仅脉络清晰地看出杜甫一生的政治遭际,更表现了杜甫伟大的人格。可以说,从所选三十九首杜诗中,我们已能窥见诗人一生的主要经历和他所达到的登峰造极的艺术成就,我们不能不佩服编选者的政治洞察力和艺术鉴赏力。选诗多的,其次是李白和王维,都是二十九首。李白选古诗多,占了一半以上,七律只选一首;王维诸体兼擅,故所选各体都有,且比较均匀,只五律稍多。贺裳说:“唐无李、杜,摩诘便应首推。”(《载酒园诗话·又编》)编者突出杜、李、王三人,应该说是符合实际的。选诗超过二十首的,还有李商隐,共计二十四首,而律绝竟占了二十三首。前人评杜甫为盛唐之祖,李商隐为晚唐之冠,商隐工律诗,尤擅七律,编者选了十首,也是有眼光的。特别值得提出的,是李商隐的《无题》诗,这是其诗的精华。沈德潜编《唐诗别裁集》,选李商隐七律多达二十首,

《无题》却一首不选；而孙洙竟选了六首，这在当时，可谓独具只眼。选得少的，也较恰当。如岑参共选诗七首，七古就有三首，即《走马川行》《轮台歌》《白雪歌》，应该说，这三首七古最能代表岑参边塞诗的风格特点，历代选本和文学史都是必选必讲的。而七绝《逢入京使》，也是岑参绝句中写得最好的。有的作者只存一首诗，而编者亦予选录，如金昌绪的《春怨》，确是千古传诵的好诗。

因本书是“家塾课本”，对象是初学儿童，故其选诗注意雅俗共赏，尤重易于成诵的脍炙人口之作，过于晦涩难懂，或篇幅过长者，一般不予选录。而白居易的《长恨歌》《琵琶行》俱属长篇，均予收录，是全书中最长的诗，正因其妇孺皆知、脍炙人口之故。篇目适中，选诗较精，雅俗共赏，易传人口，“白首亦莫能废”，这正是《唐诗三百首》胜过其他唐诗选本的主要原因。朱自清在《〈唐诗三百首〉指导大概》一文中说：“这部诗选很著名，流行最广。从前是家弦户诵的书，现在也还是相当普遍的书。”“本书选诗，各方面的题材大致都有，分配又均称，没有单调或琐屑的弊病。这也是唐代生活小小的一个缩影”。这话是大致不差的。

这个选本的偏颇也是显而易见的。作为一代之选，入选作家尚有重大遗漏，唐诗大家如李贺，独具一格，编者却一首不选。“初唐四杰”如杨炯、卢照邻，晚唐重要作家如罗隐、皮日休、陆龟蒙等，也都一首不选，而张祜却选录五首，有失公允。入选之诗，有的所据版本不精，甄别不严，考证不审，多有疏误。如所谓王之涣的《登鹳雀楼》，实为朱斌诗；王维的《秋夜曲》，应为王涯作；李频的《渡汉江》，应为宋之问作；贾岛的《寻隐者不遇》，应为孙革作；杜牧的《旅宿》，是否为牧所作，后人颇多怀疑。如此等等，编者均未予辩证说明。又如韦庄的《金陵图》，题应为《台城》；韦应物的《赋得暮雨送李曹》，"李曹"应为"李胄"，《韦江州集》《全唐诗》皆作"胄"；常建《宿王昌龄隐居》，应为五律，而归于五古。如此等等，亦欠精审。因此书流播甚广，读者面甚宽，为避免原书中的疏误流传，贻误读者，故此次整理中特予标出。但瑕不掩瑜，总体看来仍不失为一部最好的唐诗选本。

《唐诗三百首》一出，后世注译笺评者不下数十家，阐幽显微，颇多精见，对唐诗的普及和传播，对提高人们的文化素养和审美情趣，都起到了积极有益的作用。但其间亦有不少疏误，在诗中本事、人名、地名等的考释上，尚有可商之处。本书即在总结前人和时贤研究成果的基础上，博观约取，扬长补短，参以己意，力求在已有基础上稍有提高，以期成为读者较为满意的一个读本。但因全书涉及面甚广，入选作家作品情况复杂，有关唐诗典籍和研究著作浩如烟海，加之笔者学识浅陋，见闻有限，疏误错漏之处在所难免，尚祈专家和读者批评指正。

本书以中华书局排印四藤吟社刊本为底本，必要时参校有关各本，一般不出校。

张忠纲

目录

上册

卷一

五言古诗

卷四

下　册

卷六

七言律诗

卷七

五言绝句

卷八

七言绝句

卷一

五言古诗

张九龄

感遇（二首）

兰叶春葳蕤[1]，桂华秋皎洁[2]。
欣欣此生意[3]，自尔为佳节。
谁知林栖者[4]，闻风坐相悦[5]。
草木有本心[6]，何求美人折[7]？

此诗主旨在末二句：“草木有本心，何求美人折？”但诗人写来却转折开阖，摇曳生姿。前四句着力写兰、桂，春兰葳蕤，秋桂皎洁，生机盎然，遂使春、秋成为“佳节”。这原是自然而然的，本不欲为人知。“谁知”一转，引出人来，“林栖者”闻风相悦，已出乎意料；“何求”又一转折，“美人”由相悦进而攀折，实违“本心”，更属难堪。诗意愈转愈深，纯从性分中自然流露出来，作者那种美而不媚、坚贞自守的高洁情操，自然令读者肃然起敬了。难怪清人贺贻孙说：“张曲江《感遇》，则语语本色，绝无门面矣，而一种孤劲秀淡之致，对之令人意消。盖诗品也，而人品系之。‘草木有本心，何求美人折’，三复此语，为之浮白。”（《诗筏》）

1　兰：指兰草，菊科香草名。葳蕤（wēi ruí）：草木茂盛貌。

2　桂华：即桂花。

3　欣欣：草木旺盛生长貌。生意：蓬勃生机。

4　林栖者：山林隐居之人。

5　闻风：仰慕其风操。坐：因，由于。

6　草木：指兰、桂。本心：本性，指兰、桂荣而不媚、不求人知的品质。

7　美人：指“林栖者”。

江南有丹橘，经冬犹绿林。
岂伊地气暖，自有岁寒心[1]。
可以荐嘉客[2]，奈何阻重深[3]。
运命唯所遇[4]，循环不可寻[5]。
徒言树桃李[6]，此木岂无阴[7]？

清人刘熙载说：“曲江之《感遇》出于《骚》，射洪（陈子昂）之《感遇》出于《庄》，缠绵超旷，各有独至。”（《艺概·诗概》）屈原写过一首《橘颂》，歌颂了橘树“苏世独立，横而不流”的坚贞品质。橘生南国，屈原是楚人，作者也是南方人，他被贬的荆州，即是楚国的郢都，自然仰慕屈原的为人。这首诗所表现的，即是屈原《橘颂》之意，托物言志，自况坚贞。作者是遭奸相李林甫排挤而被贬荆州的，所以诗中将丹橘与桃李对比，桃李媚俗趋势，妖艳一时，丹橘凌霜傲冬，岁寒不凋。对比鲜明，寓意深刻。《韩诗外传》卷七载简主曰：“夫春树桃李，夏得阴其下，秋得食其实。春树蒺藜，夏不可采其叶，秋得其刺焉。由此观之，在所树也。今子之所树，非其人也，故君子先择而后种也。”《韩非子·外储说左下》亦载简主曰：“夫树橘柚者，食之则甘，嗅之则香；树枳棘者，成而刺人。故君子慎所树。”诗末二句，“徒言树桃李，此木岂无阴”，意正指此。可见，张九龄对玄宗任用李林甫、牛仙客之流，是隐含忧虑的。婉而多讽，含蓄蕴藉，也是此诗的一个特色。

1　岁寒心：《论语·子罕》：“岁寒，然后知松柏之后凋也。”此为“自有岁寒心”五字所本。

2　荐：进献。

3　奈何：无奈。阻重深：谓山川阻隔。重，指山岭。深，指江河。

4　运命：命运。

5　循环：古人往往把事物的发展看成是周而复始的循环。

寻：推寻，探求。

6 徒言：只说。树桃李：《韩诗外传》卷七载简主曰："春树桃李，夏得阴其下，秋得食其实。"

7 此木：指丹橘。阴：同"荫"。

李　白

下终南山过斛斯山人宿置酒

暮从碧山下[1]，山月随人归。
却顾所来径[2]，苍苍横翠微[3]。
相携及田家[4]，童稚开荆扉[5]。
绿竹入幽径[6]，青萝拂行衣[7]。
欢言得所憩[8]，美酒聊共挥[9]。
长歌吟松风[10]，曲尽河星稀[11]。
我醉君复乐，陶然共忘机[12]。

王夫之评此诗："清旷中无英气，不可效陶。以此作视孟浩然，真山人诗尔。"(《唐诗评选》卷二) 诚然，这首诗质朴自然，冲淡清新，风格近似陶渊明。李曰"山月随人归"，陶曰"带月荷锄归"；李曰"美酒聊共挥"，陶曰"饮酒斟酌之"；李曰"相携及田家，童稚开荆扉"，陶曰"童仆欢迎，稚子候门"；李曰"绿竹入幽径，青萝拂行衣"，陶曰"道狭草木长，夕露沾我衣"……何其相似乃尔！但细细读来，李与陶又不完全相同，平和中稍露飘逸，恬淡中不乏清俊，这大概就是王夫之所说的"英气"吧！

1 碧山:指终南山。

2 却顾:回头看。所来径:来时走过的路。

3 苍苍:指苍茫暮色。横:有笼罩意。翠微:指翠绿的山岭。

4 田家:即斛斯山人家。

5 荆扉:柴门。

6 径:一作“楥(yuán)”,栏,篱笆,不与前“所来径”犯复,似较胜。

7 青萝:即女萝,又名松萝,呈丝状,常自树间悬垂,故曰“拂行衣”。

8 憩(qì):休息。

9 挥:振去余酒,此指举杯畅饮。

10 “长歌”句:谓歌声与松风交响。一说松风指乐府古琴曲《风入松》。

11 河:这里指银河。银河星稀,表示夜已深。

12 陶然:欢乐貌。忘机:忘记机巧功利之心,指一种淡泊名利、忘掉尘俗的心境。

月下独酌

花间一壶酒，独酌无相亲。
举杯邀明月，对影成三人[1]。
月既不解饮[2]，影徒随我身。
暂伴月将影[3]，行乐须及春。
我歌月徘徊，我舞影零乱。
醒时同交欢，醉后各分散。
永结无情游[4]，相期邈云汉[5]。

李白爱酒，爱得特别。李白爱月，也爱得特别。大概是酒的催化，使这位酒仙诗情喷薄；或许是月的神秘，诱这位诗仙奇思迸发。月下独酌，举杯浇愁愁更愁，本是极孤独苦闷、极寂寞无聊的事，作者却“举杯邀明月，对影成三人”，又歌又舞又醉饮，煞是热闹！月、影本是无知无情之物，作者偏要它“月徘徊”“影零乱”“同交欢”，并发誓“永结无情游”，视为知己，引为同调，与卑鄙龌龊的尘世相比，真可谓是“无情”胜“有情”了。孙洙评曰：“题本独酌，诗偏幻出三人，月、影伴说，反复推勘，愈形其独。”（《唐诗三百首》卷一）“大道如青天，我独不得出”（《行路难》其二）。一种巨大的孤独感使我们的诗人“脱口而出，纯乎天籁”（沈德潜《唐诗别裁集》卷二)，从而具有一股撼人心魄的力量。可能正是这种无与伦比的孤独感，成就了这位千古奇才。

1　三人：指自己本身与影、月。

2　不解：不懂，不会。

3　将：和，共。

4　无情游：指超乎尘世俗情的交游。

5　邈(miǎo)：遥远。云汉：天河，此指天上仙境。

春　思

燕草如碧丝，秦桑低绿枝[1]。
当君怀归日[2]，是妾断肠时[3]。
春风不相识，何事入罗帏[4]？

此诗描摹思妇心理，可谓精妙入微。妙就妙在紧紧围绕一个“春”字来刻画思妇的相思苦情。“春”字语意双关，既指自然界的春天，更喻男女间诚挚炽烈的爱情。两地春色，两地相思，而又妙在全从思妇眼中看出，意中想出，眼见为实，意想是虚，虚实相生相激，遂使感情波澜起伏。眼前是秦地柔桑低绿，遥想燕地才碧草如丝。碧草如丝，春尚浅也，而柔桑低绿，春已深矣！燕北方春之时，君始思归，而秦中思妇，思君已久，思君令人老，恐君归之日，妾已随春深而老矣，岂不令人断肠！这是刻骨铭心的相思，又是备受折磨的怨艾，独守春闺的思妇之苦，谁能体会得到？怜夫远戍的思妇之心，谁能触摸得到？春风轻薄，撩拨人的春思，意欲何为？岂识我心哉！我心坚贞如磐石，岂外物所能动耶？“春风不相识，何事入罗帏？”这自警警人之语，令人肃然，亦令人凄然。思妇复杂隐秘的心态，被太白以六句三十字阐幽显微，真不愧大手笔也！

1 燕：今河北北部、辽宁西南部一带，为诗中女子丈夫远戍之地。秦：今陕西境内，为诗中女子所居之地。萧士赟云："燕北地寒，生草迟，当秦地柔桑低绿之时，燕草方生，兴其夫方萌怀归之志，犹燕草之方生，妾则思君之久，犹秦桑之已低绿也。"（《分类补注李太白集》卷六）丝、枝，谐音双关，丝谐"思"，枝谐"知"。

2 君：女子对丈夫的尊称。怀归：思归。

3 妾：古代妇女对自己的谦称。断肠：形容相思之苦。

4 罗帏：丝罗围帐。萧士赟曰："末句喻此心贞洁，非外物所能动。"吴昌祺曰："以风之来反衬夫之不来，与'只恐多情月，旋来照妾床'同义。"（《唐宋诗醇》卷四）

杜　甫

望　岳

岱宗夫如何[1]？齐鲁青未了[2]。
造化钟神秀[3]，阴阳割昏晓[4]。
荡胸生层云，决眦入归鸟[5]。
会当凌绝顶[6]，一览众山小[7]！

题为“望岳”，全诗即着力突出一个“望”字，句句是望，望岳之色，望岳之情，充溢于字里行间。正如仇兆鳌所说的：“诗用四层写意：首联远望之色，次联近望之势，三联细望之景，末联极望之情。”（《杜诗详注》卷一）写得由远及近，层次分明，境界高远，寓意深刻。这首诗既生动地描绘了泰山巍峨的雄姿和壮丽的景象，更突出地表现了青年诗人广阔的胸怀和远大的抱负。“会当凌绝顶，一览众山小”，真可与岱岳争雄，堪称千古绝唱。

1　岱宗：泰山别称。夫(fú)：指代词，即实指岱宗而言。

2　齐鲁：周代两大诸侯国名，并在今山东境内。齐在泰山之北，鲁在泰山之南。青：指山色。未了：没有尽头。

3　造化：谓天地、大自然。钟：聚。神秀：神奇峻秀。

4 割:分。昏晓:山南向阳,故天色晓;山北背阴,故日色昏。一山之隔,判若昏晓,可见泰山之高大。

5 决:裂开。眦(zì):眼角。

6 会当:定当,表示心所预期。凌:登临。绝顶:最高峰。

7 众山小:化用《孟子·尽心上》"孔子登东山而小鲁,登泰山而小天下"义。

赠卫八处士

人生不相见，动如参与商[1]。
今夕复何夕，共此灯烛光[2]。
少壮能几时，鬓发各已苍。
访旧半为鬼[3]，惊呼热中肠[4]。
焉知二十载，重上君子堂[5]。
昔别君未婚，儿女忽成行[6]。
怡然敬父执[7]，问我来何方。
问答未及已[8]，儿女罗酒浆[9]。
夜雨剪春韭，新炊间黄粱[10]。
主称会面难[11]，一举累十觞[12]。
十觞亦不醉，感子故意长[13]。
明日隔山岳[14]，世事两茫茫[15]。

这首诗写一别二十年的老友在战争乱离中忽然相见，乍惊乍喜，如梦如幻，“今夕复何夕，共此灯烛光”，真有九死一生之感。久别重逢，悲喜交集，念旧情深，十觞不醉。但想到明日相别，后会难期，又不禁凄然茫然。诗将一夜的情事娓娓叙来，平易真切，质朴无华，生动自然，表现了战乱年代人所共有的“沧海桑田”和“别易会难”的人生感触，具有很强的概括

性和感染力。

---

1 参(shēn)商:二星名,参在西,商在东,此出彼没,永不相见,后常用以比喻双方会面之难。

2 今夕复何夕:表示惊喜。此是喜出望外,想不到得有今夕,共对此灯烛之光也。

3 访旧:打听故旧的下落。半为鬼:大多亡故。

4 热中肠:为故旧的死亡而深感悲痛,五内俱焚。

5 君子:这里指卫八。

6 成行(hàng):众多。

7 父执:父亲的友辈。

8 未及已:还没有说完。

9 儿女:一作“驱儿”。罗酒浆:摆上酒菜。

10 新炊:刚煮熟的饭。间(jiàn):搀合。黄粱:即黄小米。

11 主称:主人说。

12 累:接连。觞(shāng):酒杯。

13 子:指卫八。故意:故旧情意。

14 山岳:指西岳华山。这句是说明天就要和你分别,好像华山把我们隔开一样。

15 世事:指时局发展和个人命运。别后世事如何,你我都茫然无知,不能预料,故曰“两茫茫”。

佳　人

绝代有佳人，幽居在空谷[1]。
自云良家子[2]，零落依草木[3]。
关中昔丧乱[4]，兄弟遭杀戮。
官高何足论，不得收骨肉[5]。
世情恶衰歇[6]，万事随转烛[7]。
夫婿轻薄儿[8]，新人美如玉[9]。
合昏尚知时[10]，鸳鸯不独宿[11]。
但见新人笑，那闻旧人哭[12]。
在山泉水清，出山泉水浊[13]。
侍婢卖珠回，牵萝补茅屋[14]。
摘花不插发[15]，采柏动盈掬[16]。
天寒翠袖薄[17]，日暮倚修竹[18]。

诗中佳人的形象典型而又独特，可怜而又可敬。国难当头，家庭破败，个人被弃，遭遇是悲惨的。诗人用赋的手法叙述佳人的悲惨遭遇和孤苦生活，又用比兴的手法赞美她的高洁情操，将客观描写与主观寄托有机地结合起来，在着意塑造的绝代佳人身上寄寓了诗人自己的感慨和理想。

1 “绝代”二句：上句言其色之美，下句喻其品之高。绝代，犹绝世、举世无双，唐人避太宗李世民讳，改“世”为“代”。幽居，隐居。空谷，幽深的山谷。

2 良家子：清白人家的女子，据后“官高”句，则佳人出于官宦人家。

3 依草木：应上“幽居空谷”。

4 关中：今陕西中部一带，此实指长安。天宝十五载（756）六月，安史叛军攻陷长安。丧乱：指安史之乱。

5 “官高”二句：谓连兄弟的尸骨都不能收殓，官高又有何用？

6 世情：世态人情。恶（wù）：厌恶，嫌弃。衰歇：衰败失势。

7 转烛：比喻世事变幻，富贵无常；亦喻时间变化迅速，转瞬即逝。

8 轻薄儿：夫婿喜新厌旧，故曰“轻薄儿”。

9 新人：指丈夫新娶的妻子。

10 合昏：即夜合花，又名合欢花，朝开夜合，故曰“知时”。

11 鸳鸯：水鸟，雌雄永不分离。江总《闺怨篇》：“池上鸳鸯不独宿。”

12 旧人：指弃妇，佳人自谓。

13 “在山”二句：徐增曰：“此二句，见谁则知我？泉水，佳人自喻；山，喻夫婿之家。妇人在夫家，为夫所爱，即是在山之泉水，世便谓是清的；妇人为夫所弃，不在夫家，即是出山之泉水，世便谓是浊的。”（《说唐诗》卷一）仇兆鳌则曰：“此谓守贞清而改节浊也。”（《杜诗详注》卷七）亦通。

14　“侍婢”二句：极写佳人生活之艰苦凄凉。侍婢卖珠，见其生活拮据。牵萝补屋，见其所居破败。萝，即女萝，一种有藤植物。

15　“摘花”句：花以插发，而佳人却摘而不插，说明无心修饰，亦“岂无膏沐，谁适为容”（《诗经·卫风·伯兮》）意。

16　“采柏”句：柏实味苦，自不能食，却常常采满一把，有清苦自甘、其苦自知意。动，常常。掬（jū），两手捧取。

17　翠袖：泛指佳人衣着。

18　修竹：长竹。竹有节而挺立，以喻佳人的坚贞操守。

梦李白（二首）

死别已吞声，生别常恻恻[1]。
江南瘴疠地，逐客无消息[2]。
故人入我梦，明我长相忆[3]。
恐非平生魂[4]，路远不可测[5]。
魂来枫林青，魂返关塞黑[6]。
君今在罗网，何以有羽翼[7]？
落月满屋梁，犹疑照颜色[8]。
水深波浪阔，无使蛟龙得[9]。

浮云终日行，游子久不至[10]。
三夜频梦君，情亲见君意[11]。
告归常局促[12]，苦道来不易[13]：
江湖多风波，舟楫恐失坠[14]！
出门搔白首，若负平生志[15]。
冠盖满京华，斯人独憔悴[16]。
孰云网恢恢？将老身反累[17]！
千秋万岁名，寂寞身后事[18]！

文人相轻,自古而然,而李、杜则不然。这两位诗坛巨匠,始终是相互敬重、情深谊长的。《梦李白二首》集中突出地体现了这一点。李白获罪系狱并流放夜郎后,在"世人皆欲杀"的情势下,杜甫并没有以皇帝的是非为是非,中断与李白的深厚友谊,更没有趁人之危落井下石,而是表达了他对李白命运的极大关心和深切思念之情:"水深波浪阔,无使蛟龙得。""三夜频梦君,情亲见君意"。从杜甫对李白的深情厚谊,我们更可看出他那不同流俗的兀傲倔强的性格。清人仇兆鳌说得好:"前章说梦处,多涉疑词;此章说梦处,宛如目击。形愈疏而情愈笃,千古交情,惟此为至。然非公至性,不能有此至情。非公至文,亦不能写此至性。"(《杜诗详注》卷七)徐增更说得动人:"子美作是诗,肠回九曲,丝丝见血。朋友至情,千载而下,使人心动。"(《说唐诗》卷一)

1 已:止。吞声:饮泣。恻恻:悲痛貌。二句谓生别比死别更为痛苦。

2 瘴疠:南方山林湿热地区流行的瘟疫。浔阳、夜郎都在江南,故云"瘴疠地"。逐客:被放逐的人,指李白。

3 故人:指李白。明:表明。二句谓故人入梦,正表明我对他思念之深。

4 平生魂:生时之魂。当时杜甫疑心李白或许死了,故曰

“恐非”。

5　不可测：生死未明，不敢断定。

6　枫林：江南多枫，这里指李白所在。关塞：指杜甫所在的秦州。上句谓白魂自江南而来，下句谓白魂又自秦州而返。魂在夜间来去，故云“青”“黑”。

7　罗网：法网。羽翼：翅膀。网可罗雀，上用“罗网”为比，故下用“羽翼”。二句谓你既陷囹圄，何能往来自由呢？进一步申明“恐非平生魂”句。

8　“落月”二句：写梦醒后迷离惝恍的感觉。颜色，这里指李白的容貌。

9　“水深”二句：是梦醒临别之际谆谆告诫李白的话，嘱他多加小心。波浪阔，指归途艰险，暗喻政治环境的险恶。蛟龙，传说中的一种水生动物，此喻陷害忠良的恶人。

10　“浮云”：二句化用《古诗十九首》“浮云蔽白日，游子不顾返”意。李白也有“浮云游子意”（《送友人》）的话。游子，指李白。不至，故入梦。久不至，故频入梦。李、杜于天宝四载（745）在山东分手后一直未再见面。

11　“三夜”二句：谓一连几个晚上都梦见李白，足见李白对自己情亲意厚。与上首“故人入我梦，明我长相忆”，是就彼此两方面来说的，说明两人相互思念。

12　告归：告别。偈促：同“局促”，匆促不安貌。

13　苦道：苦苦诉说。此下三句即是李白告别时所说的话。

14　舟楫：即指船。楫，船桨。失坠：船翻落水。

15　“出门”二句：写李白告归时神态，好像辜负了平生壮志似的。搔首，以手挠头，有所思貌。

16　冠盖：冠冕和车盖，借指达官贵人。京华：京城。斯人：这个人，这里指李白。憔悴：困顿失意貌。

17　恢恢：广大貌。将老：李白时年五十九，故云。身累：指李白被系狱流放。二句指斥世道不公，为李白鸣冤，故用反诘语气。

18　寂寞：指死后无知无为的境界。身后：即死后。杜甫认为李白必定名垂万古，但那是身后之事。言外之意，这与他生前遭遇不是太不相称了吗？

王 维

送綦毋潜落第还乡

圣代无隐者[1]，英灵尽来归[2]。
遂令东山客[3]，不得顾采薇[4]。
既至金门远[5]，孰云吾道非[6]。
江淮度寒食，京洛缝春衣[7]。
置酒长安道，同心与我违[8]。
行当浮桂棹[9]，未几拂荆扉[10]。
远树带行客[11]，孤城当落晖[12]。
吾谋适不用[13]，勿谓知音稀[14]。

这类应景送别之作，不易写好。但这首诗首写应试，继写落第，再写送别，最后劝勉，层次分明，娓娓道来，感情还算真挚，对落第者确能给以慰藉。所以沈德潜说："反复曲折，使落第人绝无怨尤。"(《唐诗别裁集》卷一) 送别又善写景，"远树带行客，孤城当落晖"二句，"'带'字、'当'字极佳，非得画中三昧者，不能下此二字"(《青轩诗辑》)。这大概就是苏东坡所说的王维"诗中有画"的特色吧!

1 圣代：圣世。

2　英灵：英才。

3　东山客：东晋谢安曾隐居会稽上虞（今属浙江）西南之东山，优游自乐，后出仕为桓温司马。此“东山客”代指隐士。綦毋潜应试前在家读书，故以“东山客”为喻。

4　采薇：商末周初，伯夷、叔齐兄弟隐于首阳山，采薇而食，后遂以“采薇”代指隐居。薇，即巢菜，又名野豌豆。

5　金门：即金马门，汉代宫门名，此代指朝廷。远：谓其落第。

6　吾道非：《史记·孔子世家》载：孔子困于陈、蔡之野，慨然对子贡曰：“吾道非耶？吾何为于此？”子贡答曰：“夫子之道至大也，故天下莫能容夫子。”

7　“江淮”二句：写还乡途中经行之地。綦毋潜为虔州人，自长安回虔州，正需经过洛阳、江淮等地。寒食，节令名。京洛，指东都洛阳。

8　同心：犹知己。违：分离。

9　行当：即将。桂棹（zhào）：船之美称。

10　未几：不久。荆扉：柴门。句谓不久即可到家。

11　行客：旅行之人，指綦毋潜。

12　孤城：指京城长安。

13　适：偶然。

14　“吾谋”二句：谓綦毋潜这次落第不过是偶然失利，不要以此就认为世乏知己，无人赏识自己了。这是宽慰友人的话。

送 别

下马饮君酒[1]，问君何所之[2]？
君言不得意，归卧南山陲[3]。
但去莫复问，白云无尽时。

此诗写送友人归隐，前四句平平铺叙，妙在末二句，感慨寄托，含蓄蕴藉，言有尽而意无穷，耐人寻味。这自然使我们想起了陶弘景的《诏问山中何所有赋诗以答》：“山中何所有？岭上多白云。只可自怡悦，不堪持寄君。”山中白云，飘忽不定，来去无迹，何等自由自在！白云无尽，岂不反证富贵有尽，仕途险恶。君不得意，归卧南山，何以为赠？看来末二句就是对友人最好的劝慰了。诗采用问答式，恐怕也是受了陶诗的影响。

1 饮君酒：请君喝酒。饮：使……饮。

2 何所之：往哪里去？

3 南山：指终南山。陲（chuí）：边。

青 溪

言入黄花川[1]，每逐青溪水[2]。
随山将万转[3]，趣途无百里[4]。
声喧乱石中，色静深松里。
漾漾泛菱荇[5]，澄澄映葭苇[6]。
我心素已闲[7]，清川淡如此[8]。
请留盘石上[9]，垂钓将已矣[10]。

这是一首仄韵古诗。首四句写山路崎岖艰险，可谓曲径通幽。中四句描绘青溪幽美的景色，一动一静，以动衬静，可谓溪喧境更幽，正是隐居的好去处。末四句触景生情，情景交融，物我一体，大有指水盟心，终老于斯之意。全诗写山林闲适之趣，平淡而有致，颇耐人寻味。

1 言：发语词，无实义。黄花川：水名，在今陕西凤县东北黄花镇附近。

2 逐：沿着。

3 万转：形容山路曲折回环。

4 趣途：前行的路程。趣，通“趋”。

5 菱、荇：皆为水生草本植物。

6 澄澄：水清澈貌。葭(jiā)苇：即芦苇，初生为葭，长大为芦，成则名苇。

7 素：平素，向来。闲：安闲。

8 清川：指青溪。淡：恬静貌。

9 请留：愿留。盘石：大石。

10 垂钓：垂竿钓鱼，喻隐居不仕，暗用严光垂钓严陵濑的典故。将已矣：将这样来了却一生。

渭川田家

斜阳照墟落[1]，穷巷牛羊归[2]。
野老念牧童[3]，倚杖候荆扉[4]。
雉雊麦苗秀[5]，蚕眠桑叶稀[6]。
田夫荷锄至[7]，相见语依依[8]。
即此羡闲逸[9]，怅然吟《式微》[10]。

这首诗前八句为我们描绘了一幅恬适温馨的农家晚归图。在这幅生意盎然的画面上，有优美的自然景色：落日洒金，牛羊归村，雉鸣蚕眠，麦秀桑稀。更有田家情深的动人场面：野老倚仗门外，等候牧童归来，有的是慈爱和企盼；田夫荷锄相遇，边走边谈不休，有的是亲切和惬意。即目所见，信手写来，不事雕绘，清新自然。此情此景，遂使诗人浮想联翩，他可能想到尔虞我诈的龌龊官场，于是情不自禁地发出了"即此羡闲逸，怅然吟《式微》"的喟叹。前八句是宾，末二句才是主，宾为主设，情因景生，宾详主略，引人深思。

1　斜阳：一作"斜光"。墟落：村落。

2　穷巷：深僻小巷。

3　念：挂念。

4 候:等候。

5 雉雊(gòu):野鸡鸣叫。麦苗秀:小麦吐花,俗称“秀穗”。

6 蚕眠:蚕老作茧。

7 荷锄:扛着锄头。至:一作“立”。

8 语依依:亲切絮语,不忍离去。

9 即此:指上面见到的情景。闲逸:闲适安逸。

10 怅然:惆怅失意貌。式:发语词,无实义。微:通“昧”,指黄昏。意为日暮黄昏,为什么还不归来?此指自己向往归隐。

西施咏

艳色天下重[1]，西施宁久微[2]？
朝为越溪女[3]，暮作吴宫妃。
贱日岂殊众？贵来方悟稀[4]。
邀人傅脂粉，不自著罗衣[5]。
君宠益娇态，君怜无是非[6]。
当时浣纱伴[7]，莫得同车归。
持谢邻家子[8]，效颦安可希[9]？

历来吟咏西施的诗篇，不胜枚举，而王维的这首诗，可谓独具一格，别有新意。作者借西施而写世态炎凉，针砭时弊，可从两方面来看：就西施而言，写她朝贱暮贵，既贵之后，君王宠幸集于一身，于是就恃宠骄恣，昔日同伴，完全置之脑后，大有陈涉为王之后，“故人皆自引去，由是无亲陈王者”（《史记·陈涉世家》）之情形。就世人而言，“贱日岂殊众？贵来方悟稀”，以贵贱衡人，一副势利相；至于丑女效颦，更是令人作呕。

1　艳色：美色。

2　宁：岂，哪能。二句谓西施既为天下名姝，岂能久居微贱而不被宠幸呢?

3 越溪:即浣纱溪,又名西施滩,在今浙江诸暨城南苎萝山下,相传为当年西施浣纱处,今仍存浣纱石。

4 “贱日”二句:谓西施微贱时,与众并无不同,一旦贵宠,大家才觉得她天下稀有。悟,有猛然醒悟意。

5 邀人:招人,吩咐人。罗衣:丝绸一类衣服。二句谓西施贵显以后,身份变了,梳洗打扮,一切都有专人伺候,不用自己动手。

6 “君宠”二句:谓由于吴王的宠幸溺爱,西施更加娇媚纵恣,有恃无恐,也就无是非可言了。

7 浣纱伴:西施微贱时一同浣纱的女伴。浣(huàn),漂洗。

8 持谢:持此以告诫。邻家子:指效颦西施的女子。子,一作“女”。

9 效颦(pín):模仿西施皱眉头。《庄子·天运》载:西施心痛时即皱着眉头,邻里的丑女见而以为美,于是也在村里学着西施的样子捧心皱眉,结果把村里人都吓跑了。安可希:怎么能希冀得到西施那样的幸运呢?

孟浩然

秋登兰山寄张五

北山白云里，隐者自怡悦[1]。
相望试登高，心随雁飞灭[2]。
愁因薄暮起，兴是清秋发[3]。
时见归村人，沙行渡头歇[4]。
天边树若荠，江畔洲如月[5]。
何当载酒来[6]，共醉重阳节[7]？

诗写重阳佳节登山怀友，精心地选择了“薄暮”这一易于抒发愁思的特定时刻。诗人登高相望，急盼友人前来欢聚，可能焦心地等了一天，友人终于没有来。暮霭沉沉，秋雁南飞，更加增人惆怅；但见村人暮归，滩头待渡，都在急切地回家团聚，愈益引起诗人对朋友的思念。秋高气爽，正是激人诗兴的时候，诗人遥望天际，远树如荠，俯视江畔，沙洲如月，在一片薄暮空蒙之中，失望的诗人不禁发出了“何当载酒来，共醉重阳节”的美好祝愿。这是喟叹，又是希冀，它充分表现了诗人对友人的深切思念和他们之间深挚的友谊。全诗情景交织，浑融一体，平淡见真醇，高远兼清幽，富有艺术魅力。“天边树若荠”二句，摹写物象，更是入神如画，化用前人诗句，可谓青出于蓝而胜于蓝。

---

1 北山：指万山，因在襄阳西北，故云。隐者：浩然自谓。

2 登高：古人有九月九日登高的风俗。二句谓佳节思念张五，所以才试着登高相望，自己的心也随着秋雁向远方的朋友飞去。

3 兴：兴致。发：激发。

4 沙行，在沙滩上行走。渡头：渡口。

5 荠（jì）：荠菜，一种野菜。洲：一作“舟”。

6 何当：何时。载酒：携酒。

7 重阳节：古人称阴历九月九日为重九节，九为阳数之极，故又称“重阳节”，俗以此日登高饮酒为乐。

夏日南亭怀辛大

山光忽西落[1]，池月渐东上。
散发乘夕凉[2]，开轩卧闲敞[3]。
荷风送香气，竹露滴清响。
欲取鸣琴弹[4]，恨无知音赏[5]。
感此怀故人[6]，终宵劳梦想[7]。

这是一首夏日怀人诗。前六句叙夏夜南亭纳凉情景，恬静闲适，如诗如画。后四句写怀友人，情由景生，形诸梦寐，可见彼此相知之深，交情之厚。“恨无知音赏”，于平淡中寓不平，所谓“冲淡中有壮逸之气”，孟山人亦非浑身静穆！“荷风送香气，竹露滴清响”，向被誉为佳句，王寿昌更盛赞其“当与日星河岳同垂不朽”（《小清华园诗谈》卷下）。所以妙绝者，乃在此二句逼真地描绘了夏夜纳凉静谧闲适的意境。“开轩卧闲敞”，静卧养神，何劳睁目四视？但荷香而微，风送时闻；翠竹滴露，清脆悦耳，完全诉诸人的嗅觉听觉，“羲皇上人”夏夜纳凉悠闲自得的形象活现眼前。

1　山光：指傍山而落的太阳。

2　散发：古时男子束发戴冠，暇时常将头发散开，闲适自由，不受拘束。

3 轩:长廊之有窗者,此指窗。闲敞:清静宽敞。

4 鸣琴:《张七及辛大见访》诗云:“居士好弹筝。”是辛亦知音,故取琴而思辛。

5 知音:用伯牙、钟子期故事,此指辛大。

6 故人:指辛大。

7 终:一作“中”。

宿业师山房待丁大不至

夕阳度西岭，群壑倏已暝[1]。
松月生夜凉，风泉满清听[2]。
樵人归欲尽[3]，烟鸟栖初定[4]。
之子期宿来[5]，孤琴候萝径[6]。

作者与朋友丁大相约在山房聚会,但丁大却到时没来。全诗写的是“待丁大不至”,着力渲染的是一个“待”字,待人之情,待人之景。而那焦急等待之情并不明说,而是从待人时所见之景中自然流出。日落西山,群山忽转幽暗,诗人期待的心情大概也和这薄暮蒙蒙的景色一样。月升天际,凉风习习,风声泉声,声声贯耳,诗人此时的心情愈加不能平静。樵人归家,飞鸟归巢,一个“尽”字,一个“定”字,括尽入夜万物皆归景象。而此时此刻,丁犹不至,诗人不禁“搔首踟蹰”,有点按捺不住了。于是他就抱琴走上山路,依然痴痴地在那里伫望等候,此时他的心情正像那悬垂在山路上的女萝一样,怅然若失。一个“孤”字,就把诗人那种期友不至、孤寂怅惘的心情表露无遗。或许,诗人在山路上抱琴相候已经很久,那由日落而月上而鸟栖的由暮入夜的景色,全是诗人抱琴相候时所见。

抱琴候知音，知音终不至，那种黯然销魂的苦涩心情，只能请读者去细细品味了。

---

1 群壑：即群山。壑（hè），山谷。倏（shū）：忽然。暝：幽暗。

2 风泉：指风吹泉流的声音。

3 樵人：打柴的人。

4 烟鸟：暮霭中的归鸟。

5 之子：这个人，指丁大。期：相约。

6 萝径：悬垂女萝的山径。

王昌龄

同从弟南斋玩月忆山阴崔少府

高卧南斋时，开帷月初吐[1]。
清辉淡水木[2]，演漾在窗户[3]。
荏苒几盈虚[4]，澄澄变今古[5]。
美人清江畔[6]，是夜越吟苦[7]。
千里共如何[8]，微风吹兰杜[9]。

这是一首望月怀人的诗。作者由观赏明月而感悟岁月流逝，世事变迁，触景生情，而思念友人远隔千里，不能欢聚，情苦意深，耐人寻味。“清辉”二句，写波光粼粼、水月交辉的景象，颇为生动。“荏苒”二句，写盈虚今古之感，富有理趣。

1　帷：帘幕，此指窗帘。初吐：初升。

2　清辉：皎洁的月光。淡：摇荡貌。

3　演漾：波光摇荡不定貌。

4　荏（rěn）苒（rǎn）：一作“苒苒”，指时光渐渐推移。盈虚：指月亮圆缺。

5　澄澄：澄澈明净貌。变今古：指世事变迁。

6　美人：贤人或所思慕的人，此指崔少府。清江：指曹娥江，在今绍兴东。

7 越吟：喻指思乡。战国时越人庄舄仕楚，富贵不忘故国，病中犹作越吟。

8 千里共：谓作者在南斋与崔少府在山阴虽远隔千里，但可共赏明月。

9 兰杜：兰草和杜若，皆香草名。风吹兰杜，馨香远闻，以喻崔少府美名远扬，遥寄思慕之情。

丘　为

寻西山隐者不遇

绝顶一茅茨[1]，直上三十里。
扣关无僮仆[2]，窥室惟案几[3]。
若非巾柴车[4]，应是钓秋水[5]。
差池不相见[6]，黾勉空仰止[7]。
草色新雨中，松声晚窗里。
及兹契幽绝[8]，自足荡心耳[9]。
虽无宾主意，颇得清净理[10]。
兴尽方下山[11]，何必待之子[12]。

这首诗通过作者访隐者不遇这个具体事件，感悟隐逸之趣与清静之理，写得别有新意。作者艰苦跋涉三十里山路，攀登绝顶，寻访西山隐者，那无限钦仰之情与急切求道之心溢于言表。可是及至绝顶，扣关寻问，隐者已去。“差池不相见，黾勉空仰止”，那怅惘失意之情是可以想见的。但作者却意不在此，而是宕开一笔，着力写盘桓绝顶的幽情雅趣，隐者居处清幽绝美的景色，使人心旷神怡，世俗尘垢为之荡涤无余，感悟到清静无为的理趣。人未遇而心深契，末用王子猷访戴故事，表达了作者任性自然的旷达胸怀。“兴尽方下山,何必待之子”,大有得意忘言之妙。

---

1 茅茨:茅屋,指隐者所居。

2 扣关:敲门。关,指门闩,代指门。

3 窥室:从门缝中看室内。

4 巾柴车:即驾柴车。“巾”作动词用,有整饰意。柴车,简陋粗劣的车子,隐士所乘。

5 钓秋水:《庄子·秋水》载:庄子钓于濮水,不愿接受楚国官职,而宁愿隐居。此用其意。

6 差(cī)池:不齐,此指彼此错过,故不得相见。

7 黾(mǐn)勉:勉力,努力,有殷勤意。仰止:向往,钦仰。

8 契:契合,惬意。幽绝:清幽绝美的景色。

9 荡心耳:犹言心旷神怡。

10 清净理:清静无为之道。

11 兴尽:暗用王子猷雪夜访戴事。《世说新语·任诞》:“王子猷居山阴,夜大雪……忽忆戴安道,时戴在剡,即便夜乘小船就之,经宿方至,造门不前而返。人问其故,王曰:‘吾本乘兴而行,兴尽而返,何必见戴?’”

12 子:指西山隐者。

綦毋潜

春泛若耶溪

幽意无断绝[1]，此去随所偶[2]。
晚风吹行舟，花路入溪口。
际夜转西壑[3]，隔山望南斗[4]。
潭烟飞溶溶[5]，林月低向后。
生事且弥漫[6]，愿为持竿叟[7]。

诗人紧扣题目，着力渲染一个“泛”字，泛舟所经，泛舟所见，泛舟所感，为我们描绘了一幅引人入胜的春夜泛舟图：晚风习习，夹岸花香，作者驾一叶之扁舟，任情地泛游于水清如镜的若耶溪上，入溪口，转西壑，望南斗，水雾飘流，扑面而过，舟行飞速，林月甩向船后。此情此景，宛如苏东坡在《前赤壁赋》中所写的那样：“纵一苇之所如，凌万顷之茫然。浩浩乎如凭虚御风，而不知其所止；飘飘乎如遗世独立，羽化而登仙。”真像置身仙境一般。想到世事的渺茫难知，想到严光隐居垂钓的高洁情操，诗人不由得发出“愿为持竿叟”的心声。这心声又照应了开头的“幽意”，遂使全诗情景交融，浑然一体，这大概就是殷璠所说的“善写方外之情”。

1　幽意：犹幽兴，指寻奇探幽、放任自适的兴致。

2　随所偶：随其所遇。

3　际夜：傍晚。际，接近。

4　南斗：星名，南斗六星，即斗宿，为越分野，绍兴属古越地。

5　潭烟：水上的雾气，水深为潭。溶溶：宽广貌。

6　生事：人事，世事。弥漫：渺茫无际。

7　持竿叟：即渔翁，化用东汉隐士严光垂钓富春江事，因在附近而思及。

常　建

宿王昌龄隐居

清溪深不测[1]，隐处惟孤云[2]。
松际露微月，清光犹为君[3]。
茅亭宿花影，药院滋苔纹[4]。
余亦谢时去[5]，西山鸾鹤群[6]。

这是一首深含隐逸之趣的怀人诗。其独特之处就在于重在写景，景中见人，景中寓情。涓涓清溪，幽深山谷，孤云来去，青松微月，茅亭花景，药院苔痕，处处深印着隐居者孤傲高洁的情怀，逸情雅趣，深深叩击着寄宿者的心扉，使他顿离尘世，急欲归隐。而此时王昌龄已经出仕，且仕途坎坷。脱离神仙境，误落尘网中，迷途知返胡不归？作者委婉规劝友人弃官偕隐的意向也就不言自明了。

1　深：非指清溪水深，而是指溪水流入石门山深处。

2　惟孤云：是说昌龄不在，唯见白云，益觉其孤。

3　君：指王昌龄。主人不在，清光犹照，益增对友人的思念。

4　药：芍药的简称。滋：生长。苔：青苔。种植芍药的庭院长满青苔，可见主人不在已久。

5 谢时:谢却世事,指辞官归隐。

6 西山:即鄂渚西山。鸾鹤群:与鸾鹤为伍。

岑　参

与高适薛据登慈恩寺浮图

塔势如涌出[1]，孤高耸天宫[2]。
登临出世界[3]，蹬道盘虚空[4]。
突兀压神州[5]，峥嵘如鬼工[6]。
四角碍白日[7]，七层摩苍穹[8]。
下窥指高鸟[9]，俯听闻惊风[10]。
连山若波涛，奔走似朝东[11]。
青槐夹驰道[12]，宫观何玲珑[13]。
秋色从西来，苍然满关中[14]。
五陵北原上[15]，万古青蒙蒙[16]。
净理了可悟[17]，胜因夙所宗[18]。
誓将挂冠去[19]，觉道资无穷[20]。

开头两句写塔下所见，突兀而起，雄伟不凡；接下“登临”四句，写登塔感受，奇妙真切；“四角”以下十二句，从各个不同的角度描写从塔顶纵目所见，仰观、俯察、远望、近看，将塔四周景象写得惊心骇目，气势飞动；而“秋色从西来”四句，更是感今怀古，雄健无匹。岑诗至此，本可圆满结束、戛然而止，令人回味无穷。可惜的是，诗人偏要“卒章显其志”，把他皈依佛教的消极出世思想作为全诗的结束，从而把以上对登塔所见景物的生动描绘与佛家教义紧密地联系在一起，削弱了诗歌的艺术感染力，可谓狗尾续貂。

1　如涌出：如从地下喷涌而出。

2　孤高：孤特高耸。天宫：指天上。

3　出世界：犹言超尘出世。世界，犹世间、人间。

4　蹬道：塔内攀登的阶梯。盘：盘曲，盘旋。

5　神州：指中国，古称中国为赤县神州。

6　峥嵘：高峻貌。鬼工：犹鬼斧神工，极言建造技艺之精妙，非人力所能为。

7　角：一作“方”。碍白日：妨碍太阳运行。

8　摩：摩擦。苍穹(qióng)：青天，天空。

9　高鸟：高飞之鸟。高鸟本应仰望，此却下窥，可见塔高。

10　惊风：疾风。

11　“连山”二句：谓由塔顶俯视，但见群山连绵起伏，犹如波涛奔涌，滚滚东流。

12　驰道：即御路，天子驰走车马之路。

13　宫观(guàn)：犹宫阙。玲珑：分明貌。

14　苍然：秋色苍茫貌。关中：今陕西中部地区，东有函谷关，南有武关，西有散关，北有萧关，居四关之中，故曰“关中”。

15　五陵：指汉代五个皇帝的陵墓，即高祖长陵、惠帝安陵、景帝阳陵、武帝茂陵、昭帝平陵，皆在渭水北岸，今咸阳附近。

16　蒙蒙：迷茫貌。

17　净理：即佛理，佛家清净之理。了可悟：了然彻悟。

18　胜因：胜妙的善因。宗：钦仰，尊崇。

19　挂冠：指辞官归隐。

20　觉道：即佛教大觉之道。佛陀，简称佛，本义为觉，将以觉悟众生。资无穷：受用不尽。

元 结

贼退示官吏

癸卯岁[1]，西原贼入道州，焚烧杀掠，几尽而去。明年，贼又攻永破郡[2]，不犯此州边鄙而退[3]。岂力能制敌欤？盖蒙其伤怜而已。诸使何为忍苦征敛[4]？故作诗一篇，以示官吏。

昔年逢太平[5]，山林二十年[6]。
泉源在庭户，洞壑当门前[7]。
井税有常期[8]，日晏犹得眠[9]。
忽然遭世变[10]，数岁亲戎旃[11]。
今来典斯郡[12]，山夷又纷然[13]。
城小贼不屠，人贫伤可怜。
是以陷邻境，此州独见全。
使臣将王命[14]，岂不如贼焉？
今被征敛者[15]，迫之如火煎。
谁能绝人命[16]，以作时世贤[17]？
思欲委符节[18]，引竿自刺船[19]。
将家就鱼麦[20]，归老江湖边[21]。

这首诗以质朴平直的语言、怜民如子的心情，将今与昔对比，“官”与“贼”对比，抒发了作者愤世忧时的仁者情怀。昔日，太平盛世；如今，世乱民贫。民贫缘于诛求征敛。“贼”犹城小不屠，伤怜人贫，不犯境而去；“官”却横征暴敛，迫如火煎，不管人民死活。“使臣将王命，岂不如贼焉”二句，乃全诗画龙点睛之笔，两相对照，反问有力。正因“官”不如“贼”，所以作者不愿同流合污、为虎作伥，思欲弃官归隐。

1　癸卯岁：即代宗广德元年（763）。

2　永：永州。郡：一作“邵”，即邵州。

3　边鄙：边境。

4　诸使：指征敛赋税的各种官吏。

5　昔年：指安史之乱前开元、天宝时的太平盛世。

6　山林：指隐居。

7　“泉源”：二句谓隐居之地面山临水。

8　井税：指田赋、赋税。古代行井田制，分田为井，中为公田，周围八家共养公田，故后称田赋为井税。有常期：有一定的限度。

9　晏：晚。

10　世变：指安史之乱。

11　亲戎旃（zhān）：指亲身参加军旅生活。元结乾元二年

(759) 任山南东道节度判官，招募唐、邓、汝、蔡等州义军，降贼五千。又守险泌阳，抗击史思明叛军，全十五城。后又任荆南节度判官，坐镇九江，直至宝应元年 (762) 辞官归养。“数年亲戎旃”指此。戎旃，军旗。

12　典：主管。斯郡：指道州。

13　山夷：指西原蛮。纷然：骚扰。

14　使臣：指朝廷派来催征赋税的官吏。将王命：奉朝廷命令。

15　被：一作“彼”，那些。征敛者：即指“使臣”。

16　谁能：怎能，岂能。绝人命：谓不管人民死活。

17　时世贤：乃讽语，对上 (皇帝) 为“时世贤”，对下 (人民) 则虎狼吏。

18　委：舍弃。符节：古代朝廷使臣或外官所持的凭证，唐刺史亦持节。

19　刺船：撑船。二句谓弃官归隐。

20　将家：携带全家。就：从事。鱼麦：指耕、钓。

21　归老：归隐终老。

韦应物

郡斋雨中与诸文士燕集

兵卫森画戟[1]，燕寝凝清香[2]。
海上风雨至[3]，逍遥池阁凉。
烦疴近消散[4]，嘉宾复满堂。
自惭居处崇[5]，未睹斯民康[6]。
理会是非遣[7]，性达形迹忘[8]。
鲜肥属时禁[9]，蔬果幸见尝[10]。
俯饮一杯酒，仰聆金玉章[11]。
神欢体自轻，意欲凌风翔。
吴中盛文史[12]，群彦今汪洋[13]。
方知大藩地[14]，岂曰财赋强[15]？

这首诗雅丽整饬，而又情致畅茂，当时颇为传诵。三十七年后，白居易任苏州刺史，特作《吴郡诗石记》，盛赞此诗："韦在此州歌诗甚多，有《郡宴》诗云'兵卫森画戟，燕寝凝清香'最为警策。"并为刻石，以"传贻将来"。

1　兵卫：护卫的兵士。森：排列。画戟：古兵器，因加彩饰，故称画戟，常列于官府门前，以为仪仗。

2 燕寝：公余休息之所，即指郡斋。

3 海上：苏州东近海。

4 烦疴：烦闷不舒服。时当五月，天气酷热郁闷，故云。近：即，立刻。

5 居处崇：犹言高高在上，指位至刺史。

6 康：安乐。

7 理会：领悟事理。遣：排遣。

8 性达：性情旷达。形迹：指世俗束缚人们行为的繁缛礼节。

9 鲜肥：鲜鱼肥肉。时禁：有关季节性的保护环境的禁令。

10 幸：幸好。

11 仰聆：恭听。金玉章：对与宴诸文士所作诗章的美称。

12 吴中：此指苏州，苏州本古吴国国都所在地，故云。盛文史：文化发达。

13 群彦：众多有才之士，即题所谓“诸文士”。汪洋：喻“诸文士”所作“金玉章”气势汪洋恣肆。

14 大藩：犹大郡、大州，此指苏州。

15 财赋强：赋税收入多，言外之意人文也昌盛。

初发扬子寄元大校书

凄凄去亲爱[1]，泛泛入烟雾[2]。
归棹洛阳人[3]，残钟广陵树[4]。
今朝此为别，何处还相遇。
世事波上舟[5]，沿洄安得住[6]？

此诗写离别眷恋之情，真挚动人。特别是"归棹洛阳人，残钟广陵树"二句，写诗人乘舟独归洛阳，不忍离去，舟行渐远，唯广陵树色依稀可辨，钟声渐微，但独处舟中隐约可闻，眷恋难舍之情溢于言表。接写世事莫测，后会难期，语意近道，耐人寻味。

1　凄凄：悲愁貌。亲爱：指知心朋友，即元大。
2　泛泛：漂浮貌。
3　归棹（zhào）：乘舟归去。洛阳人：作者自谓。
4　广陵：今江苏扬州。
5　"世事"句：谓世事如水上行舟，漂浮不定。
6　沿：顺流而下。洄：逆流而上。

寄全椒山中道士

今朝郡斋冷，忽念山中客[1]。
涧底束荆薪[2]，归来煮白石[3]。
欲持一瓢酒，远慰风雨夕。
落叶满空山，何处寻行迹？

全诗由“冷”字引起，就“念”字生发，一己一彼，交互递进，高妙超逸，一片神行，堪称绝唱。刘逸生说：“韦应物这首诗，画面构成的是一幅萧疏淡远的景，启人想象的却是表面平淡而实则深挚的情。在萧疏中见出空阔，在平淡中见出深挚。”“自然，细读这诗，也还可以看出作者的另一层用意，那就是对于宦情的冷淡和对于隐士品格的欣慕”（《唐诗小札》）。

1 山中客：即指道士。

2 荆薪：柴草。

3 煮白石：道家修炼，服食石英，有所谓“煮五石英法”（见《云笈七签》卷七十四）。以上二句写全椒道士生活清苦。

长安遇冯著

客从东方来[1]，衣上灞陵雨[2]。
问客何为来，采山因买斧[3]。
冥冥花正开[4]，飏飏燕新乳[5]。
昨别今已春[6]，鬓丝生几缕[7]？

此诗语言质朴自然，明白如话，但情深意长，表现了对失意朋友的亲切关怀与深切同情。所以高棅评此诗曰："不能诗者，亦知是好。"（《唐诗品汇》卷十四）

1　客：指冯著。

2　灞陵：又作霸陵，即灞上，因汉文帝墓霸陵在此，故改名，地在长安东。

3　采山：采伐山上树木。此句喻冯有归隐山林之意。

4　冥冥：晦暗貌，指春雨蒙蒙中繁花盛开的景象。

5　飏飏：鸟飞貌。燕新乳：初生的小燕。

6　昨别：或指上次送别。

7　鬓丝：鬓上的白发如丝。

夕次盱眙县

落帆逗淮镇[1]，停舫临孤驿[2]。
浩浩风起波[3]，冥冥日沉夕[4]。
人归山郭暗[5]，燕下芦洲白[6]。
独夜忆秦关[7]，听钟未眠客[8]。

诗写夜泊思乡之情。落帆栖孤驿，日暮风波涌，舟行之苦已自不堪，而目睹人归燕宿之景，恰引旅人乡关之思，独夜思乡，遂致彻夜难眠。诗境自然清妙，蕴含深婉之趣。

1 淮镇：临淮水的城镇。
2 舫：船。驿：驿站。
3 浩浩：风浪盛大貌。
4 冥冥：日色昏暗貌。
5 山郭：山城。
6 芦：芦苇，多年生草本植物，秋季开花，色白。
7 秦关：即关中。韦为长安人，故忆秦关而思乡。
8 客：指作者自己。

东　郊

吏舍跼终年[1]，出郊旷清曙[2]。
杨柳散和风，青山淡吾虑[3]。
依丛适自憩，缘涧还复去。
微雨霭芳原[4]，春鸠鸣何处？
乐幽心屡止[5]，遵事迹犹遽[6]。
终罢斯结庐[7]，慕陶直可庶[8]。

此诗有意学陶，不仅思想情趣似陶，遣词用字亦学陶，读来真有陶渊明“误落尘网中，一去三十年”，“久在樊笼里，复得返自然”（《归园田居五首》其一）的感觉。开头“吏舍跼终年”一句，即把官场樊笼一笔抹倒，以下七句则大笔渲染春游东郊所见大自然赏心悦目的美好景色。韦的这种“乐幽心”，就是陶的“性本爱丘山”，故最后慕陶辞官、结庐隐居就是很自然的了。但细细读来，终觉韦之学陶，尚未达到“结庐在人境，而无车马喧。问君何能尔？心远地自偏”（陶渊明《饮酒诗二十首》其五）纯真自如的化境。

1　跼（jú）：身体蜷曲，此有拘束、束缚意。

2　旷：心胸开朗。清曙：清晨。

3 淡：冲洗，滤清。

4 霭：原指云气，此指微雨迷茫貌，有笼罩意。

5 乐幽：喜欢幽静，指隐退闲居。止：阻止。

6 遵：奉行。事：王事，指做官。遽(jù)：匆忙。二句谓自己本想隐退闲居，欣赏大自然的幽美景色，但因官身不自由，俗务缠身，行迹匆匆，故退闲的愿望几次都不能实现。

7 罢：指辞官。斯：这里，指东郊。

8 陶：指陶渊明，东晋大诗人，曾任彭泽令，八十多天即辞官归隐。庶：差不多。二句谓终有一天我会辞官隐居于此，那么，仰慕陶渊明的愿望差不多就可以实现了。

送杨氏女

永日方戚戚[1]，出行复悠悠[2]。
女子今有行[3]，大江溯轻舟[4]。
尔辈苦无恃[5]，抚念益慈柔[6]。
幼为长所育[7]，两别泣不休[8]。
对此结中肠[9]，义往难复留[10]。
自小阙内训[11]，事姑贻我忧[12]。
赖兹托令门[13]，任恤庶无尤[14]。
贫俭诚所尚，资从岂待周[15]？
孝恭遵妇道[16]，容止顺其猷[17]。
别离在今晨，见尔当何秋[18]？
居闲始自遣[19]，临感忽难收[20]。
归来视幼女，零泪缘缨流[21]。

这是一首嫁女伤别诗，写得满纸泪痕，深挚感人。之所以如此，是因为作者由女儿的出嫁想到了她早死的母亲，格外伤感。“尔辈苦无恃”一句，为全诗关键，诗中所述都是由此引发出来的。韦应物和他的妻子感情很深，他们相敬如宾，共度患难，家中“百事”全仗妻子料理，实在是一位贤内助。妻子的早亡，使他“永绝携手欢”（《过昭国里故第》）、“对案空垂

泪”(《出还》);妻子的早亡,更使两个幼小的女儿过早地失去了母爱,缺少了母训。而妻子死后,幼女是由长女抚育成长的。因此,当长女出嫁时,做父亲的更是恋恋不舍,悲痛万分。但女大当嫁,“义往难复留”,于是临别之际,做父亲的对女儿千叮万嘱,谆谆告诫,唯恐她到婆家后有过失、受委屈。临嫁教女,这原是母亲的责任,而现在却由父亲独自承当,“临感忽难收”,更是悲不自胜。长女已出嫁矣,而“归来视幼女”,将来亦复如此,更是不敢往下想了,“零泪缘缨流”,实有难言的隐痛。全诗质朴无华,语重心长,情真意切,感人至深。

1 戚戚:悲愁貌。

2 出行:指出嫁。悠悠:忧思貌,形容忧愁不绝。

3 有行:指出嫁。

4 溯:逆流而上。

5 尔辈:你们,指两个女儿。无恃(shì):无母,失去依靠。韦应物大历末年丧妻,两个女儿尚小,他写了近二十首悼亡诗。如《送终》云:“童稚知所失,啼号捉我裳。”《往富平伤怀》云:“但闻童稚悲……顾尔内无依。”可见“苦无恃”情状。

6 “抚念”句:此句就己说,因念及幼女无母,于是对她们更加慈爱亲热。正如《伤逝》诗云:“单居移时节,泣涕抚婴孩。”

7 幼:指妹妹。长:指出嫁的姐姐。原注:“幼女为杨氏所抚育。”

8　两别：指两姐妹分别。

9　结中肠：犹言悲痛欲绝，令人肠断。

10　“义往”句：谓女大当嫁，义难再留。

11　阙：通“缺”。内训：即母训，原注“言早无恃”。

12　事姑：侍奉（公）婆。二句谓女儿因从小缺乏母教，做父亲的担心她不会侍奉公婆。

13　令门：对夫家的敬称，犹言好人家。

14　任：一作“仁”。恤：体贴。尤：过错。

15　资从：指嫁妆。周：齐全，完备。

16　孝恭：恭谨孝顺。

17　容止：仪容举止。猷（yóu）：法则，规矩。

18　何秋：犹何年。

19　居闲：平素闲居。自遣：自我排遣。

20　临感：亲临感受。

21　缨：系在颔下的帽带。

柳宗元

晨诣超师院读禅经

汲井漱寒齿[1]，清心拂尘服[2]。
闲持贝叶书[3]，步出东斋读。
真源了无取[4]，妄迹世所逐[5]。
遗言冀可冥[6]，缮性何由熟[7]？
道人庭宇静[8]，苔色连深竹。
日出雾露余，青松如膏沐[9]。
淡然离言说[10]，悟悦心自足[11]。

佛教，特别是禅宗，在唐代很盛行。柳宗元虽然是唯物主义哲学家，但并不反佛，甚至好佛。他自称“自幼好佛，求其道积三十年”（《送巽上人序》）。这首诗就是写他读经悟道的感受。首四句写他晨诣僧院，汲井洗漱，清心拂尘，捧读佛经，何其郑重，何其诚敬！中四句写其读经有得。最后六句，写他由观赏超师院中宁静恬淡之景顿悟禅理，其怡悦之情难以形容，其禅悟之理亦难以言说，真如陶渊明说的那样：“此中有真意，欲辨已忘言。”（《饮酒诗二十首》其五）。

1 汲井：从井中打水。

2　尘：既指尘土，又喻尘世。佛教有"六尘"之说，指人之眼、耳、鼻、舌、身、意（所谓"六根"）所感觉认识的六种境界，即色、声、香、味、触、法。六尘与六根相接，即产生种种嗜欲，导致种种烦恼和罪恶，故又名"六贼"。六尘能引人迷妄，故又称"六妄"。章燮曰："'清心'句言，漱井水，内可以清心；拂尘服，外可以去垢。谓内外洁净诚心，方可读禅经也。"（《唐诗三百首注疏》）

3　贝叶书：即佛教经典，古印度佛教徒用铁笔在贝多罗树叶上刻写佛教经文，故佛经又称贝叶经。

4　真源：谓佛教真谛。了：完全。

5　妄迹：指世俗的欲望和认识，如声色、名利等，即前所谓"六妄"。二句谓佛教的真谛在一无所取，而世俗所嗜欲追逐者皆妄也。

6　遗言：指佛家经典，即题所云"禅经"。冥：冥合，契合。

7　缮性：修身养性。何由：什么途径。熟：精熟，完美。二句谓佛经所言冀其与心契合，方才晓得怎样修身养性才能达到完美境界。

8　道人：指超师。

9　膏沐：润发之脂。

10　淡然：恬静貌。离言说：非言语所能形容。

11　悟悦：悟道之乐。

溪 居

久为簪组束[1]，幸此南夷谪[2]。
闲依农圃邻，偶似山林客[3]。
晓耕翻露草，夜榜响溪石[4]。
来往不逢人，长歌楚天碧[5]。

这首诗写迁居愚溪后的闲散生活，貌似恬淡，实含郁愤。沈德潜说得好：“愚溪诸咏，处连蹇困厄之境，发清夷淡泊之音，不怨而怨，怨而不怨，行间言外，时或遇之。”（《唐诗别裁集》卷四）

1 簪组：谓官服，此指做官。束：束缚，一作“累”。

2 南夷：指永州。谪：贬官。

3 偶似：因贬官而似，不真正是。

4 榜（bàng）：进船。

5 长歌：放歌。柳《对贺者》曰：“嘻笑之怒，甚乎裂眦；长歌之哀，过乎恸哭。庸讵知吾之浩浩，非戚戚之尤者乎？”可作此句注脚，有长歌当哭意。

乐 府

王昌龄

塞上曲

蝉鸣空桑林[1]，八月萧关道[2]。
出塞入塞寒，处处黄芦草。
从来幽并客[3]，皆共尘沙老[4]。
莫学游侠儿[5]，矜夸紫骝好[6]。

前四句极写边地之寒苦萧条，后四句用对比手法，批评“游侠儿”的恃勇骄纵，赞扬“幽并客”的战死沙场。前四句对艰苦环境的渲染，正是为了突出幽、并健儿以身许国的忠勇。五六两句，亦王翰《凉州词》“醉卧沙场君莫笑，古来征战几人回”意也，可见盛唐人的悲壮情怀。

1 空桑林：一作“桑林间”。

2 萧关：唐属原州平凉郡，故址在今宁夏回族自治区固原市东南。

3 幽并（bīng）：幽州和并州，指古燕赵一带。《隋书·地理志中》：“自古言勇侠者，皆推幽并”，“人性劲悍，习于戎马”。

4 共尘沙:一作“向沙场”。

5 游侠:《史记·游侠列传》裴骃《集解》引荀悦曰:“立气齐,作威福,结私交,以立强于世者,谓之游侠。”唐代游侠之风甚盛,如李白即好任侠。但游侠有恃勇骄纵的一面,故诗云“莫学”。

6 矜(jīn)夸:骄傲夸耀。紫骝:骏马名。

塞下曲

饮马度秋水[1]，水寒风似刀。
平沙日未没，黯黯见临洮[2]。
昔日长城战[3]，咸言意气高[4]。
黄尘足今古，白骨乱蓬蒿[5]。

周珽曰："少伯慧心甚灵，神力亦劲。此篇及《少年行》，与新乡（指李颀）此题诗极简、极纵、极古、极新，俱在汉魏之间。"（《唐诗选脉会通》卷二）所谓"汉魏之间"，即指格古气雄，读来悲壮苍凉，但不衰飒，更不消极悲观。

1　水：指洮水。时当八月，故云"度秋水"。

2　黯黯：日色昏暗貌。临洮：指临洮军。许多注本谓临洮即今甘肃岷县，非。今岷县，唐属岷州和政郡溢乐县。岷州，曾称临洮郡，隋义宁二年（618）改岷州，开元间仍称岷州，天宝元年改和政郡，亦不称临洮郡。

3　昔日长城战：即指薛讷大破吐蕃之战。长城，当指长城堡。

4　咸：都。大获全胜，故曰"意气高"。

5　"黄尘"二句：薛讷大胜，玄宗"诏紫微舍人倪若水临按军实战功，且吊祭战亡士，敕州县并瘗吐蕃露胔"（《新唐书·吐蕃传上》),二句当指此,谓阵亡将士黄土埋忠骨,名垂千古。但残酷的战争使蓬蒿掩白骨,终令人凄然。情调煞是悲壮。

李 白

关山月

明月出天山[1]，苍茫云海间[2]。
长风几万里，吹度玉门关[3]。
汉下白登道[4]，胡窥青海湾[5]。
由来征战地[6]，不见有人还。
戍客望边邑[7]，思归多苦颜。
高楼当此夜[8]，叹息未应闲[9]。

这首诗是李白用乐府古题来写战士的戍边思乡之情。开头四句，以明月、天山、云海、长风、玉关为背景，描绘了一幅壮阔的万里边塞图。中间四句，又在从古到今的历史长河中，揭示了边境战争的残酷。纵横交错，跨度极大，愈显出戍边的艰苦卓绝。在这样广阔的时间和空间的背景下，最后四句，归结到戍卒和思妇的两地相望相思，就使戍边思乡的复杂感情变得格外深沉而动人。

1 天山：《元和郡县图志·陇右道·伊州》："天山，一名白山，一名折罗漫山。"在今新疆哈密、吐鲁番以北。王琦曰："月出于东而天山在西，今曰'明月出天山'，盖自征夫而言已过天山

之西，而回首东望，则俨然见明月出于天山之外也。”（《李太白全集》卷四）

2　云海：指苍茫空阔、海天遥接处。

3　吹度：吹过。玉门关：在今甘肃安西双塔堡附近，为唐通往西域的要道。

4　下：指出兵。白登：山名。《汉书·匈奴传》载：汉高祖刘邦率军攻匈奴，至平城，“冒顿纵精兵三十余万骑围高帝于白登七日”。平城即唐河东道云州云中县，白登山在县东北三十里，即今山西大同市东北。

5　胡：指吐蕃。窥：暗中偷看，此指侵扰。青海湾：即今青海湖，为唐与吐蕃连年征战之地。

6　由来：从来。

7　戍客：戍边的战士。

8　高楼：指代思妇。

9　未应闲：未曾停息。二句为戍客设想之辞。

子夜吴歌

长安一片月[1]，万户捣衣声[2]。
秋风吹不尽，总是玉关情[3]。
何日平胡虏，良人罢远征[4]？

《子夜歌》原本四句，李白仿其体制而加以创造，改为六句。此歌多写男女爱情之事，尤以恋歌为多，而李白增进平胡罢征的内容，使其社会意义更为深广。平胡罢征，实有画龙点睛之妙。唐汝询评价说："此为戍妇之辞以讥当时战伐之苦也。言于月夜捣衣以寄边塞，而此风吹不尽者，皆我思念玉关之情也，安得平胡而使征夫稍息乎？不恨朝廷之黩武，但言胡虏之未平，深得风人之旨。"（《唐诗解》卷三）

1 一片月：犹一轮月、一弯月。

2 捣衣：朱金城云："古时裁衣必先捣帛，裁衣多于秋风起时，为寄远人御寒之用，故六朝以来诗赋中多假此以写闺思。"（《李白集校注》卷六）

3 玉关：即玉门关。

4 良人：丈夫。

长干行

妾发初覆额[1]，折花门前剧[2]。
郎骑竹马来，绕床弄青梅[3]。
同居长干里，两小无嫌猜[4]。
十四为君妇，羞颜未尝开。
低头向暗壁，千唤不一回[5]。
十五始展眉[6]，愿同尘与灰[7]。
常存抱柱信[8]，岂上望夫台[9]。
十六君远行，瞿塘滟滪堆[10]。
五月不可触[11]，猿声天上哀[12]。
门前迟行迹，一一生绿苔[13]。
苔深不能扫，落叶秋风早。
八月蝴蝶黄[14]，双飞西园草。
感此伤妾心，坐愁红颜老[15]。
早晚下三巴[16]，预将书报家[17]。
相迎不道远[18]，直至长风沙[19]。

这首诗用女主人公第一人称的口吻，次第井然而深情绵邈地叙述了一个完整而动人的爱情故事。这对青梅竹马、两小无猜的青年男女，由恋爱而结婚，感情深挚，爱情美满。可是结婚才两年，丈夫就远出经商，而且是到舟行极为艰险的三峡，这就使女主人公格外担心和思念。独居的寂寞与凄凉，蝴蝶双飞的撩拨和引惹，更使她痛感青春空逝，愈增其对丈夫的刻骨思念，于是渴盼丈夫早寄归信，她将不辞长途跋涉之苦，亲往迎接丈夫回家。作者以细腻的笔触为我们刻画了一位天真活泼、善良钟情、热烈执着、大胆勇敢的可爱的女主人公形象。

---

1 初覆额：古时女子十五岁方以簪束发如成人，称及笄。初覆额，指未束发时头发散遮前额的样子。

2 剧：嬉戏。

3 竹马：小儿把竹竿放在胯下当马骑着玩耍。床：此指坐具。弄：耍弄。二句即为成语"青梅竹马"之出处。

4 无嫌猜：即无嫌疑猜忌之心，正见天真无邪情状。嫌猜，嫌疑，封建礼教规定男女授受不亲，以避嫌疑。

5 羞颜：害羞的容颜。以上四句写初婚时的羞涩娇媚。

6 展眉：舒展眉头，形容心情舒畅。

7 尘与灰：指人死化为尘灰。此句谓愿同生死，永不分离。

8 抱柱信：《庄子·盗跖》："尾生与女子期于梁（即桥）下。女子不来，水至，不去，抱梁柱而死。"后即以"抱柱"为守信的典范。

9　望夫台：传说古有丈夫久出不归，其妻每天登高而望，盼其归来，久而化为石，遂称望夫石，亦称望夫台、望夫山，传说有多处，大概皆以山石形状附会成说。

10　瞿塘：峡名，为长江三峡之一。滟滪堆：即为屹立瞿塘峡口江流最急处之巨石，在今重庆奉节县东，因碍于航行，新中国建立后被炸掉。

11　不可触：李肇《国史补》卷下："蜀之三峡……四月五月为尤险时，故曰'滟滪大如马，瞿塘不可下；滟滪大如牛，瞿塘不可留；滟滪大如幞，瞿塘不可触'。"

12　猿声哀：《水经注·江水二》："自三峡七百里中……常有高猿长啸，属引凄异，空谷传响，哀转久绝。故渔者歌曰：'巴东三峡巫峡长，猿鸣三声泪沾裳。'"

13　迟：迟留，一作"归"。二句谓丈夫离家时留下的足迹都一一长满了绿苔。可见离家之久。

14　黄：一作"来"。

15　坐愁：犹言深愁。

16　早晚：犹何时。三巴：指巴郡、巴东、巴西的合称，今属重庆。

17　书：家信。

18　不道：犹不管、不顾。

19　长风沙：地名，又名长风夹，俗称鸭儿沟，今名长风镇，在今安徽安庆市东郊二十九公里处长江边上。

孟 郊

列女操

梧桐相待老[1]，鸳鸯会双死[2]。
贞妇贵殉夫[3]，舍生亦如此。
波澜誓不起，妾心古井水[4]。

假如是赞扬坚贞不渝的爱情，尚有可取之处。但看来不像。意在宣扬好女不嫁二夫、从一而终的封建礼教，那就没有多大意思了。

1 “梧桐”句：梧桐雌雄同株，或谓梧为雄树，桐为雌树，比喻夫妇，故曰“相待老”。

2 鸳鸯：鸟名，雄曰鸳，雌曰鸯，偶居不离，故以之比喻夫妇。会：定要，终当。

3 贞妇：犹节妇，指从一而终、夫死不再嫁的妇女，一作“贞女”。殉夫：即从夫而死，封建礼教宣扬“贞女不更二夫”。

4 古井水：喻人心寂然不动，止如古井之水。二句谓烈女矢志守贞，心如古井之水，永远不起波澜，意即不改嫁。

游子吟

慈母手中线，游子身上衣。
临行密密缝，意恐迟迟归[1]。
谁言寸草心[2]，报得三春晖[3]。

这是一首歌颂伟大母爱的绝唱，千百年来传诵人口，历久弥新。开头二句写出了母子相依为命的骨肉深情。中间二句通过一个缝衣的特写镜头，集中地表现了母亲对即将远行的亲生骨肉怜爱难舍、关怀备至的复杂心情；“密密”“迟迟”，连用两个叠字，更使这种深笃之情尽在不言中，令人回味无穷。最后二句运用比兴手法，将伟大的母爱比作春天和煦的阳光，将子女比作在阳光哺育下茁壮成长的小草，将平常的母子之情升华为宇宙间育物无私、知恩厚报的真淳感情。全诗纯用白描手法，质朴自然，明白如话；语浅情深，亲切感人；以小见大，深寓哲理。

1 迟迟：时间长久貌。

2 寸草心：小草的嫩芽。

3 三春：春天，春季三个月，故云。晖：阳光。

卷二

七言古诗

陈子昂

登幽州台歌

前不见古人[1]，后不见来者[2]。
念天地之悠悠[3]，独怆然而涕下[4]。

这首千古绝唱，在无限广阔的时空背景下，以苍凉悲壮的情调，唱出了历代志士仁人壮志难酬的忧愤，知遇难求的孤独，时不我待的焦灼，悲怆中激荡着意欲奋发有为的豪情，质朴中蕴含着对于宇宙人生的沉思，故能使人读来回肠荡气，震撼心灵，发生强烈的共鸣。

1 古人：指古代的明君贤士，如燕昭王、乐毅诸人。

2 来者：指后世的明君贤士。

3 悠悠：旷远无穷尽貌。

4 怆然：悲痛貌。

李　颀

古　意

男儿事长征[1]，少小幽燕客[2]。
赌胜马蹄下[3]，由来轻七尺[4]。
杀人莫敢前，须如猬毛磔[5]。
黄云陇底白云飞[6]，未得报恩不得归[7]。
辽东小妇年十五[8]，惯弹琵琶解歌舞[9]。
今为羌笛《出塞》声[10]，使我三军泪如雨[11]。

诗分两截，前六句全用五言，写幽、燕健儿的英勇剽悍、视死如归。后六句全用七言，摹写以身报国和思乡难归的矛盾，并以辽东小妇与七尺健儿相映衬，引人遐思，更富韵味。末句“三军泪如雨”，虽极写从征战士的思乡之情，但不显衰飒，反而更能揭示人物内心的复杂感情，这正是盛唐人的胸襟。

1　事长征：即从军远征。

2　“少小”句：谓从军战士乃幽燕健儿。幽，古幽州。燕，古燕国，即今河北、辽宁一带。幽燕自古多慷慨悲歌之士，任侠尚勇，轻死善战。

3　赌胜：好强争胜。

4　由来：从来。轻七尺：犹言不怕死，有视死如归意。七尺，犹言男儿之躯。

5　猬毛：指刺猬的刺。磔（zhé）：张开。此句谓短须怒竖，可见犷悍。

6　陇：山陵。一说黄云陇为地名，即黄芦塞。白云飞：喻故乡。

7　报恩：报答国恩。

8　小妇：犹少妇。

9　解歌舞：即能歌善舞。

10　羌笛：乐器名，源出古羌族。

11　三军：犹全军。

送陈章甫

四月南风大麦黄，枣花未落桐叶长。
青山朝别暮还见，嘶马出门思旧乡[1]。
陈侯立身何坦荡[2]，虬须虎眉仍大颡[3]。
腹中贮书一万卷，不肯低头在草莽[4]。
东门酤酒饮我曹[5]，心轻万事如鸿毛。
醉卧不知白日暮，有时空望孤云高。
长河浪头连天黑，津吏停舟渡不得[6]。
郑国游人未及家[7]，洛阳行子空叹息[8]。
闻道故林相识多[9]，罢官昨日今如何？

这是李颀以描写人物见长的名篇之一。特别是“陈侯立身何坦荡”以下八句，写陈章甫仪表威武，心胸坦荡，满腹经纶，旷达豪爽，从外表特征到思想风貌都不同流俗。刻画人物栩栩如生，给人留下难忘的印象。

1 旧乡：指江陵。

2 陈侯：对陈章甫的敬称。坦荡：光明磊落。

3 虬须：卷曲的胡须。大颡（sǎng）：宽额。

4 草莽：草野。

5　酤(gū)酒:买酒。我曹:我辈。

6　吏:一作“口”。

7　郑国游人:指陈章甫。春秋时郑国在济西洛东河南颍北四水间,陈隐居嵩山,故云。未及家:未到家。

8　洛阳行子:作者自谓。

9　故林:犹故乡,指江陵。

琴　歌

主人有酒欢今夕，请奏鸣琴广陵客[1]。
月照城头乌半飞[2]，霜凄万木风入衣。
铜炉华烛烛增辉，初弹《渌水》后《楚妃》[3]。
一声已动物皆静，四座无言星欲稀。
清淮奉使千余里[4]，敢告云山从此始[5]。

这是李颀咏乐诗中的名篇。钟惺评曰："一字不说琴，却字字与琴相关。又妙在结处，一字不沾着琴，此之谓远。"（《唐诗归》卷十四）贺贻孙更进而评曰："只第二句点出'琴'字，其余满篇霜月风星，乌飞树响，铜炉华烛，清淮云山，无端点缀，无一字及琴，却无非琴声，移在筝、笛、琵琶、觱篥不得也。"（《诗筏》）

1　广陵客：指座中弹琴的人，誉其技艺高超。古琴曲有《广陵散》，《晋书·嵇康传》："夜分，忽有客诣之，称是古人，与康共谈音律，辞致清辩，因索琴弹之，而为《广陵散》，声调绝伦，遂以授康。"

2　乌：乌鸦。半飞：分飞。琴曲有《乌夜啼》。

3　《渌水》：琴曲名，相传为蔡邕所作，为《蔡氏五弄》之一。

《楚妃》:即《楚妃叹》,亦琴曲名。

4　清淮:指淮河。奉使:奉命出使。

5　敢告:敬告。云山:高耸入云的山岭,此指出使所经沿途景色。

听董大弹胡笳兼寄语弄房给事

蔡女昔造胡笳声，一弹一十有八拍[1]。
胡人落泪沾边草，汉使断肠对归客[2]。
古戍苍苍烽火寒[3]，大荒阴沉飞雪白[4]。
先拂商弦后角羽[5]，四郊秋叶惊摵摵[6]。
董夫子[7]，通神明[8]，深松窃听来妖精。
言迟更速皆应手，将往复旋如有情[9]。
空山百鸟散还合，万里浮云阴且晴。
嘶酸雏雁失群夜，断绝胡儿恋母声[10]。
川为静其波，鸟亦罢其鸣。
乌珠部落家乡远[11]，逻娑沙尘哀怨生[12]。
幽音变调忽飘洒[13]，长风吹林雨堕瓦。
迸泉飒飒飞木末[14]，野鹿呦呦走堂下[15]。
长安城连东掖垣[16]，凤凰池对青琐门[17]。
高才脱略名与利[18]，日夕望君抱琴至[19]。

——

此诗也是李颀咏乐诗名作。全诗分三段，前六句为第一段，首先交代《胡笳弄》的来由，并以想象中蔡文姬演奏胡笳声的艺术效果，先声夺人，吸引读者。从“先拂商弦后角羽”到“野鹿呦呦走堂下”为第二段，是全诗的主体部分，着力表现董大演奏《胡笳弄》的高超技艺和感人至深的艺术魅力。但作者不从正面着笔,而是采用多种艺术手法,多角度、多层面地表现《胡笳弄》的丰富音乐内涵,这里有自然景物的生动描绘,有历史事件的粗笔扫描,有个人情感的幽微抒发,纵横飘逸,酣畅淋漓,变幻莫测,浑然一体,真可谓惊天地,泣鬼神,撼人心。作者将无形的琴声生动形象地展现在读者眼前,表现了超人的艺术才能。

1　蔡女:即蔡琰,字文姬,蔡邕之女。传说她没入匈奴时,曾作《胡笳十八拍》。后人亦有认为伪托的。一拍为一乐章,在歌词为一段落。

2　归客:曹操派使者至匈奴将蔡文姬赎回,故曰"归客"。

3　古戍:古时边防哨所。寒:荒寒。

4　大荒:边远荒凉之地。阴沉:一作"沉沉"。

5　拂:轻轻拨动。商弦、角羽:古称宫、商、角、徵、羽为五音,琴有七弦,与其相配。《乐府诗集·琴曲歌辞一》引《三礼图》云:"琴第一弦为宫,次弦为商,次为角,次为羽,次为徵,次为少宫,次为少商。"

6　摵(shè)摵:象声词,落叶声。

7　夫子:对男子的尊称。

8　通神明:谓技艺高超,能感召鬼神精灵。

9 迟、速、往、旋：皆就弹奏指法而言。

10 嘶酸：鸣声凄惨。雏雁：幼雁。蔡文姬在匈奴十二年，生有二子。二句即写母子离别时的惨景。《胡笳十八拍》与蔡文姬作的《悲愤诗》中，都有关于文姬与胡儿生离死别的动人描写。

11 乌珠部落：指匈奴。汉王昭君远嫁匈奴呼韩邪单于，号宁胡阏氏，生一子。乌珠，即乌珠留若鞮单于，为呼韩邪单于颛渠阏氏次子。乌珠，一作"乌孙"，为汉时西域国名。汉武帝时遣江都王刘建女细君远嫁乌孙王昆莫为右夫人，细君悲愁，自作歌曰："居常土思兮心内伤，愿为黄鹄兮归故乡。"此以王昭君、刘细君比蔡文姬。

12 逻娑：亦作逻逤、逻些，唐时吐蕃都城，即今西藏拉萨市。唐太宗时，以文成公主嫁吐蕃赞普松赞干布，特为筑城以居。此以文成公主比文姬。

13 幽音：幽咽深沉之音。变调：变换乐调。飘洒：如风飘雨洒。

14 迸泉：喷泉。飒飒：泉水声，亦形容风声、雨声。木末：树梢。

15 呦（yōu）呦：鹿鸣声。

16 掖垣：本谓宫殿围墙，唐门下省因在大明宫宣政殿东，故称东省，亦称东掖垣。房琯官给事中，属门下者，故云。

17　凤凰池：亦称凤池，指中书省。唐中书省在大明宫宣政殿西，亦称西省、西掖垣。又唐制，宰相称同中书门下平章事，故诗文中多以凤凰池指宰相。此暗喻房琯可能入相。青琐门：指宫门。

18　高才：誉房琯。脱略：不受拘束。

19　君：指董大。此句写房琯好贤纳士。

听安万善吹觱篥歌

南山截竹为觱篥，此乐本自龟兹出[1]。
流传汉地曲转奇，凉州胡人为我吹[2]。
傍邻闻者多叹息，远客思乡皆泪垂。
世人解听不解赏[3]，长飙风中自来往[4]。
枯桑老柏寒飕飗[5]，九雏鸣凤乱啾啾[6]。
龙吟虎啸一时发[7]，万籁百泉相与秋[8]。
忽然更作《渔阳掺》[9]，黄云萧条白日暗。
变调如闻《杨柳》春[10]，上林繁花照眼新[11]。
岁夜高堂列明烛[12]，美酒一杯声一曲。

以上三诗都是李颀描写音乐的名篇，而各具特色。这首诗专写觱篥，重在赏音，“世人解听不解赏”为全诗关键。安万善是凉州胡人，作者是他乡游子，时当除夕团圆之夜，真有“同是天涯沦落人，相逢何必曾相识”之感。那“长飙风中”独往独来的游子，那啾啾待哺的雏凤，那《渔阳掺》的悲壮，那忽见春临大地的欣喜……安万善觱篥声中奏出的游子思乡曲，恐怕只有作者能够深切地领悟感受到。为了渲染这种孤寂伤感的思乡之情，作者在用韵上也颇费苦心。全诗十八句，就换了七个韵，而且平仄相间，仄声韵又上、去、入错落相间，以入

声韵起，以入声韵结，极尽抑扬顿挫之妙。

1　龟（qiū）兹（cí）：古西域国名，在今新疆库车一带。

2　凉州胡人：指安万善。凉州，在今甘肃武威一带。

3　解：知道。赏：听其音而知其曲，深有领悟，所谓赏音。

4　飙（biāo）：暴风。

5　飕（sōu）飗（liú）：风声。

6　“九雏”句：化用汉乐府《陇西行》“凤凰鸣啾啾，一母将九雏”诗意。啾啾，象声词，此指凤鸣声。

7　一时：同时。

8　万籁：自然界的各种声音。

9　《渔阳掺（càn）》：鼓曲名，亦作《渔阳掺挝》《渔阳参挝》。参挝，是击鼓的方法。

10　《杨柳》：指乐府《折杨柳》曲。

11　上林：秦汉宫苑名，此泛指宫苑。

12　岁夜：除夕。

孟浩然

夜归鹿门歌

山寺钟鸣昼已昏[1]，渔梁渡头争渡喧[2]。
人随沙岸向江村[3]，余亦乘舟归鹿门。
鹿门月照开烟树[4]，忽到庞公栖隐处[5]。
岩扉松径长寂寥[6]，唯有幽人自来去[7]。

此诗通过夜归鹿门的所见所闻所感，抒发了作者的隐逸情怀，恬淡自然，清幽妙绝，而写来却次第分明。时间是从黄昏到月出，地点是从渡口到鹿门，人归江村，己归鹿门，也就是从喧嚣的尘世回到寂寥的隐居。“忽到庞公栖隐处”，“忽”字妙，不期而至，说明自己与前辈高逸灵犀暗通。“唯有幽人自来去”，“唯”字，用得奇警，“幽人”，既是自指，兼喻庞公，千古高行，自与世俗之人不同。

1 山寺：指鹿门寺。

2 渔梁：当作“鱼梁”。《水经注·沔水》：“沔水中有鱼梁洲，庞德公所居。”

3 岸：一作“路”，一作“道”。

4 开烟树：一作“烟中树”。

5　庞公：即庞德公，东汉襄阳隐士，避世隐于鹿门山。

6　岩扉：石门。

7　幽人：隐逸之士。

李　白

庐山谣寄卢侍御虚舟

我本楚狂人，凤歌笑孔丘[1]。
手持绿玉杖[2]，朝别黄鹤楼[3]。
五岳寻仙不辞远，一生好入名山游。
庐山秀出南斗傍[4]，屏风九叠云锦张[5]，
影落明湖青黛光[6]。
金阙前开二峰长[7]，银河倒挂三石梁[8]。
香炉瀑布遥相望[9]，迴崖沓嶂凌苍苍[10]。
翠影红霞映朝日，鸟飞不到吴天长[11]。
登高壮观天地间，大江茫茫去不还。
黄云万里动风色，白波九道流雪山[12]。
好为庐山谣，兴因庐山发。
闲窥石镜清我心，谢公行处苍苔没[13]。
早服还丹无世情[14]，琴心三叠道初成[15]。
遥见仙人彩云里，手把芙蓉朝玉京[16]。
先期汗漫九垓上，愿接卢敖游太清[17]。

李白号称“诗仙”，崇信道教，经过这次挫折，寻仙访道的思想更有发展。重游庐山，感慨万千，遂情不自禁地写下了这

首千古传诵的名篇。全诗分三段，开头六句为第一段，交代行踪，表达自己鄙弃尘世、寻仙好道的隐逸思想。从“庐山秀出南斗傍”到“谢公行处苍苔没”十七句为第二段，以如椽彩笔描绘庐山的瑰玮秀丽与登高所见长江、鄱阳湖之景。如果说描摹庐山景观尚带有谢灵运山水诗务求形似的痕迹的话，那么，“登高”四句写长江九派争流的壮观景象，境界开阔，确是太白本色。最后六句为第三段，明确表示自己愿偕同道者脱离尘世、寻仙向道、遨游太空的志向。这首诗把山水描写与游仙访道结合起来，正表现了李白对不受束缚、自由自在生活的美好憧憬。

1　“我本”二句：《论语·微子》：“楚狂接舆歌而过孔子曰：‘凤兮凤兮！何德之衰？往者不可谏，来者犹可追。已而，已而！今之从政者殆而！”二句以楚狂自比。孔子名丘。

2　绿玉杖：嵌有绿玉的手杖，传说为仙人所持。

3　黄鹤楼：在今湖北武汉长江大桥武昌桥头，因楼在黄鹤矶上而得名。后人附会，说有仙人乘黄鹤过此，因名。

4　秀出：突出。南斗：即斗宿。古以南斗为浔阳分野，庐山在浔阳南，故云“南斗傍”。

5　屏风九叠：庐山五老峰东北有屏风叠，又名九叠屏，屏下即九叠谷。云锦：云霞似锦绣。

6　明湖：指鄱阳湖。青黛：青黑色。

7　金阙：即金阙岩，又名石门。二峰：即指双阙。

8　银河：喻瀑布。三石梁：一说即三叠泉，在九叠屏西南。

9　香炉：即香炉峰，在庐山南。

10　迥：高远。沓（tà）：重叠。苍苍：指天。

11　吴天：庐山古属吴地。

12　九道：长江至浔阳分为九道。雪山：形容波涛涌起。

13　石镜：《水经注·庐江水》："（庐）山东有石镜，照水之所出。有一圆石，悬崖明净，照见人形。晨光初散，则延曜入石，豪（毫）细必察，故名石镜焉。"谢公：指谢灵运。

14　还丹：道教所谓仙丹。世情：世俗之情。

15　琴心三叠：道教谓修炼到心和神悦的境界。

16　玉京：道教称其最高天神元始天尊居于天中心之上，名曰玉京山。

17　汗漫：不可知之物，后转作仙人的别名。九垓：九天之外。卢敖：燕人，秦始皇时博士，使其求仙，亡而不返。太清：道家认为在人天两界之外，别有三清境，即玉清、上清、太清，又名三天，为神仙居住的地方。此以汗漫自比，以卢敖比卢虚舟，谓已已与汗漫相约于九天之外，愿偕卢虚舟同游太清仙境。

梦游天姥吟留别

海客谈瀛洲[1]，烟涛微茫信难求。
越人语天姥[2]，云霓明灭或可睹。
天姥连天向天横，势拔五岳掩赤城[3]。
天台四万八千丈[4]，对此欲倒东南倾[5]。
我欲因之梦吴越，一夜飞度镜湖月[6]。
湖月照我影，送我至剡溪[7]。
谢公宿处今尚在[8]，绿水荡漾清猿啼[9]。
脚着谢公屐[10]，身登青云梯[11]。
半壁见海日[12]，空中闻天鸡[13]。
千岩万壑路不定[14]，迷花倚石忽已暝。
熊咆龙吟殷岩泉[15]，栗深林兮惊层巅[16]。
云青青兮欲雨，水淡淡兮生烟[17]。
列缺霹雳[18]，丘峦崩摧。
洞天石扉[19]，訇然中开[20]。
青冥浩荡不见底[21]，日月照耀金银台[22]。
霓为衣兮风为马，云之君兮纷纷而来下[23]。
虎鼓瑟兮鸾回车，仙之人兮列如麻。
忽魂悸以魄动[24]，恍惊起而长嗟[25]。
惟觉时之枕席[26]，失向来之烟霞[27]。

世间行乐亦如此，古来万事东流水。
别君去兮何时还[28]？且放白鹿青崖间[29]，
须行即骑访名山。
安能摧眉折腰事权贵[30]，使我不得开心颜！

天宝元年(742),李白奉诏入长安,玄宗召见于金銮殿,命供奉翰林。后遭谗毁,天宝三载,被赐金放还,悲愤离京。秋,与杜甫、高适同游梁、宋。冬,在临淄郡(今山东济南)紫极宫由道士高天师如贵授道箓,成为道教徒。四载,游齐鲁,并作南游之计。此诗即在这种情势下写的。全诗分三大段,前八句为第一段,写梦游之因。自“我欲因之梦吴越”到“仙之人兮列如麻”为第二段,写梦游所历危景、奇景、仙景,迷离惝恍,变幻莫测,气象万千,惊心骇目。从“忽魂悸以魄动”至末为第三段,抒发梦醒后的感慨,而结尾“安能摧眉折腰事权贵,使我不得开心颜”二句,卒章显其志,真有画龙点睛之妙。诗极恣肆变化,又极惨淡经营,句法有四言、五言、六言、七言,以至九言,并杂有骚体,参差不齐,错综变化。用韵灵活多变,或隔句押韵,或句句押韵,平仄交替,换韵达十二次之多,抑扬顿挫,气势雄伟。全诗豪迈悲愤,纵横奇恣,而又流畅自然,一气贯注,堪称绝唱。

1　瀛洲：传说为海上三神山之一，在东海中，洲上多仙人，风俗似吴越。

2　越：今浙江一带。

3　赤城：山名，在今浙江天台市西北，山上赤石屏列如城，状似云霞，故名。赤城栖霞，为天台八景之一。

4　天台：山名，在今浙江天台城北，是我国佛教天台宗的发源地。

5　此：指天姥山。倾：倾斜。天台山在天姥山东南，故云"东南倾"。

6　镜湖：一名鉴湖，在今浙江绍兴市南。

7　剡（shàn）溪：水名，在今浙江嵊州南，北流入市北界曰曹娥江，又北流入绍兴市上虞区界，名上虞江。

8　谢公：指谢灵运。谢家居会稽始宁（今浙江上虞）时，曾恣游山水，遍及境内。

9　绿：一作"渌"。

10　谢公屐：指谢灵运为登山而特制的一种木屐。《南史·谢灵运传》载：灵运家居始宁时，"寻山陟岭，必造幽峻，岩嶂数十重，莫不备尽。登蹑常着木屐，上山则去其前齿，下山则去其后齿"。

11　青云梯：谓山岭高峻，上入青云。

12　半壁：半山腰。

13　天鸡：《玄中记》："东南有桃都山，上有大树，名曰桃都，枝

相去三千里，上有天鸡。日初出照此木，天鸡即鸣，天下鸡皆随之。”（《艺文类聚》卷九十一引）

14 壑：一作“转”。

15 殷（yǐn）：震动。

16 栗：战栗。

17 淡淡：水波动荡貌。

18 列缺：闪电。霹雳：惊雷。

19 洞天：道家称仙人所居之地。

20 訇（hōng）然：大声。

21 青冥：青天。

22 金银台：神仙居处。郭璞《游仙诗》：“神仙排云出，但见金银台。”

23 云之君：指乘风云而降的仙人。

24 悸：惊动。

25 恍：猛然。长嗟：长叹。

26 觉：梦醒。

27 向来：刚才。烟霞：指梦中仙境。

28 君：指东鲁诸公。

29 白鹿：仙人所乘。

30 安能：怎能，岂能。摧眉：低头。折腰：弯腰。

金陵酒肆留别

风吹柳花满店香[1]，吴姬压酒劝客尝[2]。
金陵子弟来相送，欲行不行各尽觞[3]。
请君试问东流水[4]，别意与之谁短长[5]？

此诗为李白送别名篇。第一联描写江南风情和民俗，春意盎然，情意盎然。“满店香”，与其说是柳花香，不如说是酒香。而吴姬“压酒”的殷勤、“劝客”的热情，更是人美酒美情意美，伴着柳花飞舞的景物美，真可使“金陵酒肆”满店飘香了。第二联平平叙述，纯用白描，而“欲行不行各尽觞”的离别情谊，却写得深挚动人。第三联以设问方式作结，问水而不问人，设想奇妙，以实代虚，耐人寻味。李白写离别，对流水这一意象，似乎情有独钟。《沙丘城下寄杜甫》云：“思君若汶水，浩荡寄南征。”《赠汪伦》云：“桃花潭水深千尺，不及汪伦送我情！”而这“东流水”，却是滚滚东流的长江，这不由得使我们想到李后主的“问君能有几多愁？恰似一江春水向东流”（《虞美人》）！但读来终觉凄苦衰飒，不及李白的潇洒风流。

1 风吹：一作“白门”，白门为金陵正西门。柳花：指柳絮。

2 吴姬：吴地美女。金陵古属吴地。压酒：新酒酿熟时，压槽取酒。

3 欲行：将行之人，指作者。不行：送行之人，指金陵子弟。尽觞：倾杯而饮。

4 东流水：指长江。

5 之：指东流水。

宣州谢朓楼饯别校书叔云

弃我去者，昨日之日不可留。
乱我心者，今日之日多烦忧。
长风万里送秋雁，对此可以酣高楼[1]。
蓬莱文章建安骨[2]，中间小谢又清发[3]。
俱怀逸兴壮思飞[4]，欲上青天览明月[5]。
抽刀断水水更流，举杯销愁愁更愁。
人生在世不称意[6]，明朝散发弄扁舟[7]。

李华官监察御史，因执法严正，为奸党所嫉，不容于御史府。李白待诏翰林，遭人谗毁，被赐金放还。谢朓亦被人诬陷，下狱死。三人遭遇相似，可谓同病相怜。今二李同登谢朓楼，触目感怀，忧愤难平，遂借高楼酣饮，挥笔成此绝唱。起势豪纵不羁，如风雨骤至，将一腔烦忧倒将出来。中借谈诗论文以寄意，既自负，亦自伤。逸兴壮思，于世何补？于己何用？忧愤至极，不禁含泪喊出"抽刀断水水更流，举杯销愁愁更愁"的悲怆呼声，令千古之下的志士仁人犹闻而涕落。李白终是李白，他愁也愁得豪放，愁得奇特。不作小儿女态，悲悲切切；更不作乞怜态，抽抽噎噎。他是顶天立地的大丈夫，达则兼济天下，穷则独善其身，绝不乞求怜悯。"人生在世不称

意，明朝散发弄扁舟”，这不是李白的消极，而是污浊现实的无情。在他“散发弄扁舟”的飘逸身影中，我们仍然领略到他那青天揽月的豪情。

诗题一作“陪侍御叔华登楼歌”。

1 酣高楼：在谢朓楼酣饮。

2 蓬莱：代指东汉洛阳皇家藏书和著书处东观。建安骨：即建安风骨，指建安时期以曹操、曹丕、曹植父子和建安七子（孔融、陈琳、王粲、徐幹、阮瑀、应玚、刘桢）为代表的诗文风格。李华，字遐叔。时负文名，故以为誉。建安：东汉献帝年号。

3 小谢：指谢朓，因后于谢灵运，故称小谢以别之。清发：清新俊发。

4 逸兴：清逸脱俗的兴致。壮思：疾思，指才思敏捷。

5 览：通“揽”，摘取。

6 称（chèn）意：如意。

7 散发弄扁舟：指绝世隐居。扁舟，小船。

岑　参

走马川行奉送封大夫出师西征

君不见走马川行雪海边[1]，
平沙莽莽黄入天[2]。
轮台九月风夜吼，一川碎石大如斗[3]，
随风满地石乱走。
匈奴草黄马正肥[4]，金山西见烟尘飞[5]，
汉家大将西出师[6]。
将军金甲夜不脱[7]，半夜军行戈相拨[8]，
风头如刀面如割。
马毛带雪汗气蒸，五花连钱旋作冰[9]，
幕中草檄砚水凝[10]。
虏骑闻之应胆慑[11]，料知短兵不敢接[12]，
军师西门伫献捷[13]。

这首诗采用反衬手法，一开始就极力渲染出征时黄沙漫天、风吹石走的恶劣环境和强敌犯境的紧急军情，反衬唐军平叛的雄壮军威。接着描写想象中雪夜行军的艰苦情景，在风割如刀、马汗雪冻、砚水凝冰的严寒中，突出表现唐军夜不解甲、战马奔驰、威震敌胆的英雄气概。最后坚信必胜。夸

张渲染，雄奇恣肆，“奇才奇气，风发泉涌”（方东树《昭昧詹言》卷十二）。全诗句句用韵，且平仄韵相间，音调激越，节奏急促，恰切地传达出军情紧张的气氛和唐军高昂的战斗情绪。

1　行：通往。雪海：《新唐书·西域传下》“勃达岭……水南流者经中国入于海，北流者经胡入于海，北三日行度雪海，春夏常雨雪”，或即指此。

2　莽莽：茫茫无边际貌。

3　川：平川。

4　匈奴：借指叛乱的播仙部族。

5　金山：即今新疆乌鲁木齐东之博格多山，在轮台之南，属天山山脉。烟尘飞：指发生战争。

6　汉家大将：指封常清。

7　金甲：即铁甲。

8　戈：一种兵器。拨：碰击。

9　五花、连钱：皆承上句指马毛色。五花，谓马毛色斑驳。连钱，谓马纹点缀如连钱。旋：随即。

10　幕：军帐。草檄：起草讨伐敌人的檄文。

11　虏骑（jì）：指播仙军。慑：惧怕。

12　短兵：指刀、剑一类兵器。

13　军师：一作“车师”，是。车师即指北庭，为汉车师后国故地，在今新疆吉木萨尔。伫：等候。献捷：报捷。

轮台歌奉送封大夫出师西征

轮台城头夜吹角[1]，轮台城北旄头落[2]。
羽书昨夜过渠黎[3]，单于已在金山西。
戍楼西望烟尘黑[4]，汉军屯在轮台北。
上将拥旄西出征[5]，平明吹笛大军行[6]。
四边伐鼓雪海涌[7]，三军大呼阴山动[8]。
虏塞兵气连云屯[9]，战场白骨缠草根。
剑河风急云片阔[10]，沙口石冻马蹄脱[11]。
亚相勤王甘苦辛[12]，誓将报主静边尘[13]。
古来青史谁不见[14]，今见功名胜古人。

这首送征祝捷诗，先以边境告警，引出大军出征，再由战场的危苦和严寒，归结到对平叛将士不辞苦辛、忠勇报国精神的赞扬。而“上将拥旄西出征”四句，写唐军出征时的雄壮声威，可谓气壮山河、惊心动魄。全诗除最后四句为一韵外，余皆句句用韵，且二句一换韵，韵密调促，一气呵成，极具气势，与紧张激烈的战争气氛和谐一致。

1 角：亦称画角，军中报时乐器。

2 旄头：即昴宿，二十八宿之一，主兵。

3　羽书：军用紧急文书。渠黎：即渠犁，汉时西域三十六国之一，在轮台东南。

4　戍楼：边塞上用以守望的哨楼。

5　上将：指封常清。拥旄：即持节。唐代皇帝赐给节度使旄节，作为专制军事的凭证。

6　平明：天刚亮。

7　伐鼓：击鼓。

8　阴山：此处当指天山。

9　虏塞：敌军要塞。兵气：杀气。连云屯：形容军队之多、杀气之盛。

10　剑河：水名，在今新疆境内。云片：一作“雪片”。

11　沙口：一作“河口”，当指剑河渡口。脱：打滑。

12　亚相：秦、汉官制以御史大夫为丞相的副职，后因称御史大夫为亚相，此指封常清。勤王：忠勤王事。

13　静边尘：指平息叛乱。

14　青史：古以竹简记事，杀青简书写，故称史册为青史。

白雪歌送武判官归

北风卷地白草折[1]，胡天八月即飞雪。
忽如一夜春风来，千树万树梨花开[2]。
散入珠帘湿罗幕，狐裘不暖锦衾薄。
将军角弓不得控[3]，都护铁衣冷犹着[4]。
瀚海阑干百丈冰[5]，愁云惨淡万里凝[6]。
中军置酒饮归客[7]，胡琴琵琶与羌笛。
纷纷暮雪下辕门[8]，风掣红旗冻不翻[9]。
轮台东门送君去，去时雪满天山路。
山回路转不见君，雪上空留马行处。

此诗咏雪赠别，表现了作者对祖国北疆壮丽景色的由衷喜爱和与友人的依依惜别之情。诗先以千树万树梨花盛开的绚丽景象，喻写塞外八月漫天飞舞的雪花，奇情妙思，出人意表。接写狐裘不暖、冰雪封冻的奇寒，挥洒中有细描，极尽纵横开阖之势。尤其是写在风吹雪飘的广阔背景上那面凝冻不能飘扬的红旗，红白鲜明，形象突出。在冰雪严寒中，梨花透出春意，红旗溢出暖意，都给人留下难忘的印象。其间还插写了饯别宴会上的急管繁弦，衬托客中送归的复杂心情，也将咏雪和送别巧妙地结合在一起。最后写归骑渐行渐远留在雪地上的迹印，寓寄作者惜别和思乡之情，意境悠远，耐人寻味。要之，奇景奇语，奇思奇笔，以奇制胜，是该诗的主要特色，很能代表岑参的创作个性。

诗题一本“归”下有“京”字。

1　白草：西域草名，其干熟时正白色，冬枯而不萎，性至坚韧。

2　梨花：喻雪。

3　角弓：劲弓。不得控：拉不开。

4　都护：镇守边疆的长官。唐大都护府，设大都护一人，副大都护一人，副都护二人；上都护府设都护一人，副都护二人。“都护、副都护之职，掌抚慰诸蕃，辑宁外寇、觇候奸谲，征讨携离”（《唐六典》卷三十）。铁衣：犹铁甲。

5　瀚海：唐有瀚海军，即在北庭都护府，封常清时兼瀚海军使。此指天山雪峰。阑干：纵横貌。

6　惨淡：阴暗。凝：冻结。

7　中军：主帅亲自率领的军队，此指主帅营帐。饮：宴饮，谓饯行。归客：指武判官。

8　辕门：军营门。古时军营前，两车辕木相向交叉为门。

9　掣（chè）：牵。此句谓红旗为雨雪所湿，冻结僵硬，风吹而不能飘扬。

杜甫

韦讽录事宅观曹将军画马图

国初已来画鞍马[1]，神妙独数江都王[2]。
将军得名三十载，人间又见真乘黄[3]。
曾貌先帝照夜白[4]，龙池十日飞霹雳[5]。
内府殷红马脑盘[6]，婕妤传诏才人索[7]。
盘赐将军拜舞归，轻纨细绮相追飞[8]。
贵戚权门得笔迹[9]，始觉屏障生光辉。
昔日太宗拳毛騧[10]，近时郭家狮子花[11]。
今之新图有二马[12]，复令识者久叹嗟。
此皆骑战一敌万，缟素漠漠开风沙[13]。
其余七匹亦殊绝[14]，迥若寒空动烟雪[15]。
霜蹄蹴踏长楸间[16]，马官厮养森成列[17]。
可怜九马争神骏[18]，顾视清高气深稳。
借问苦心爱者谁？后有韦讽前支遁[19]。
忆昔巡幸新丰宫[20]，翠华拂天来向东[21]。
腾骧磊落三万匹[22]，皆与此图筋骨同[23]。
自从献宝朝河宗[24]，无复射蛟江水中[25]。
君不见金粟堆前松柏里[26]，龙媒去尽鸟呼风[27]。

这是一首借咏画马而感慨时事的名作。全诗可分三大段，开头十二句为第一段，先从画照夜白叙起，极写曹霸画艺的高超，玄宗赏赐的殊荣和由此而权贵争相求画的烜赫声名，既为以下描写《九马图》张本，又为末段感慨伏笔。自“昔日太宗拳毛䯄”至“后有韦讽前支遁”十四句为第二段，是全诗主体部分，照应题目，正面写《九马图》。写九马，先写拳毛䯄和狮子花二马。太宗拳毛䯄，是唐朝开国打天下时所骑；狮子花，是中兴名将郭子仪因平乱有功所赐。今昔对比，治乱兴衰，深寓感慨。次及七马，然后又九马并说，有分有总，有详有略，错综变化，文势跌宕。最后八句为第三段，照应首段，追怀玄宗，盛衰之叹，感慨无限。就题目言，中段是主，前后是宾；就主题思想言，中段是宾，前后是主。起承转接，抑扬顿挫，结构臻于化境。

1　国初：指唐开国初期。

2　江都王：指李绪，唐太宗李世民侄，多才艺，善书画，尤擅鞍马。

3　乘黄：传说中神马名，龙翼而马身，黄帝乘以登仙，又名腾黄、飞黄、訾黄，此以乘黄喻曹霸画马之神妙逼真。

4　貌：描摹，写真。先帝：指唐玄宗。照夜白：玄宗所乘骏马名。

5 龙池：在长安兴庆宫内。兴庆宫为玄宗登帝位前所居旧宅，故址在今西安市兴庆公园内。飞霹雳：言画之灵奇，能感动神物，挟风雷而至。

6 内府：皇家仓库。殷红：深红。马脑：一作“玛瑙”。

7 婕（jié）妤（yú）、才人：皆宫中女官名。二句谓曹霸画照夜白得到玄宗奖赏，婕妤传诏命才人取出内府所藏红玛瑙盘赐给他。

8 纨：白色细绢。绮：有花纹的丝织品。二句谓贵戚权臣都争着以纨绮向曹霸求画。

9 笔迹：指曹霸的画。

10 拳毛䯄（guā）：唐太宗六骏之一，为太宗平定刘黑闼时所乘坐骑。

11 郭家：指郭子仪。狮子花：即九花虬，为唐代宗赐给郭子仪的御马。

12 新图：指《九马图》。二马：指拳毛䯄和狮子花。

13 缟素：指画绢。漠漠：弥漫貌。因是战马，故打开画绢，似见战地漠漠风沙。

14 殊绝：神骏异常。

15 迥：远。烟雪：黑白，指马色。烟，一作“霞”。

16 霜蹄：骏马之蹄。蹴（cù）：踢。长楸间：犹言大道上，古时种楸树于大道两旁，故云。

17　厮养：犹厮役，指养马的役卒。森成列：排列成行。

18　可怜：可爱。神骏：神奇骏逸。

19　支遁：字道林，东晋高僧。《世说新语·言语》："支道林常养数匹马，或言：'道人畜马不韵。'支曰：'贫道重其神骏耳。'"

20　巡幸：帝王巡视。新丰宫：京兆府昭应县，本名新丰，有宫在骊山下，称温泉宫，天宝六载（747）更名华清宫，故址在今西安临潼骊山麓。

21　翠华：用翠鸟羽毛装饰的旗帜，指皇帝仪仗。新丰在长安以东，故云"来向东"。

22　腾骧（xiāng）：奔腾超越。磊落：众多貌。

23　筋骨同：谓玄宗厩马三万匹与曹霸所画九马骨相神态相同。

24　河宗：即河伯，为河神。此以穆天子西征，喻指玄宗西奔幸蜀。

25　射蛟：《汉书·武帝纪》载：元封五年，武帝南巡，"自寻阳浮江，亲射蛟江中，获之"。此以汉武帝比唐玄宗。时玄宗已死，故曰"无复"。

26　金粟堆：指玄宗陵墓。玄宗葬奉先县（今陕西蒲城）东北金粟山，其陵曰泰陵。

27　龙媒：指骏马。《汉书·礼乐志》载《天马歌》："天马来，龙之媒。"

丹青引赠曹将军霸

将军魏武之子孙[1]，于今为庶为清门[2]。
英雄割据虽已矣[3]，文彩风流今尚存[4]。
学书初学卫夫人[5]，但恨无过王右军[6]。
丹青不知老将至，富贵于我如浮云[7]。
开元之中常引见[8]，承恩数上南薰殿[9]。
凌烟功臣少颜色[10]，将军下笔开生面[11]。
良相头上进贤冠[12]，猛将腰间大羽箭[13]。
褒公鄂公毛发动[14]，英姿飒爽来酣战[15]。
先帝天马玉花骢[16]，画工如山貌不同[17]。
是日牵来赤墀下[18]，迥立阊阖生长风[19]。
诏谓将军拂绢素[20]，意匠惨淡经营中[21]。
斯须九重真龙出[22]，一洗万古凡马空[23]。
玉花却在御榻上[24]，榻上庭前屹相向[25]。
至尊含笑催赐金[26]，圉人太仆皆惆怅[27]。
弟子韩幹早入室[28]，亦能画马穷殊相[29]。
幹惟画肉不画骨[30]，忍使骅骝气凋丧[31]。
将军画善盖有神，必逢佳士亦写真[32]。
即今飘泊干戈际[33]，屡貌寻常行路人[34]。
途穷反遭俗眼白[35]，世上未有如公贫。

但看古来盛名下，终日坎壈缠其身[36]。

这首诗可说是曹霸小传。开头八句从曹霸的家世渊源说到学书作画，而发端十四字，就将曹霸的官职和家世门第一笔写尽，起势有万钧之力；其下八句，追叙曹霸昔日奉诏重画凌烟功臣盛事；再下十六句，追叙曹霸奉诏画玉花骢事，极赞其画马之妙；最后八句，从过去跌回现在，极写今日之衰，并与开头"为庶为清门"相照应。"屡貌寻常行路人"，又与前奉诏画人画马形成鲜明对比。全诗章法错综，层次井然，宾主分明，对比强烈。诗咏绘画，而以学书陪衬，咏画又以画马为主、画人作陪；画马又以真马、凡马作陪，赞曹霸，又以画工、韩幹、圉人太仆陪衬；诗以绝大篇幅极力渲染昔日之盛，全为突出今日之衰作铺垫，而全诗借曹霸以自状，抒发自身飘零之感慨，极尽婉转跌宕之致。用韵亦匠心独运，全诗共四十句，每八句一换韵，意随韵转，平仄互换，可谓七古创格。

1　魏武：指魏武帝曹操，曹髦为曹操曾孙，霸为髦后，故云。

2　清门：寒门。

3　英雄割据：指东汉末年曹操割据中原。已：过去。

4　文彩风流：曹操能诗，故云。曹霸学书善画，故曰"今尚存"。

5　卫夫人：东晋著名女书法家。张怀瓘《书断》："卫夫人，名铄，字茂猗，廷尉展之女弟，恒之从女，汝阴太守李矩之妻也。隶书尤善规矩。"（《法书要录》卷八引）王羲之曾向她学书法。

6　无过：没有超过。王右军：即东晋大书法家王羲之，曾官右军将军，故人称"王右军"。

7　"丹青"二句：化用《论语·述而》："发愤忘食，乐以忘忧，不知老之将至云尔。""不义而富且贵，于我如浮云"。

8　引见：指应诏被引领晋见皇帝。

9　数（shuò）：屡次。南薰殿：在长安南内兴庆宫内。

10　凌烟：指凌烟阁，在长安西内三清殿侧。凌烟功臣：唐太宗贞观十七年（643）二月，命阎立本画开国功臣二十四人像于凌烟阁，太宗亲作赞文。少颜色：指先前画像已经褪色。

11　开生面：指曹霸画新像，面目如生。《封氏闻见记》卷五："玄宗时，以（凌烟）图画岁久，恐渐微昧，使曹霸重摹饰之。"

12　进贤冠：文臣所戴朝冠。

13　大羽箭：一种四羽大竿长箭，唐太宗尝自制以旌武功。

14　褒公：褒国公段志玄。鄂公：鄂国公尉迟敬德。

15　飒爽：威武英俊貌。

16　先帝：指玄宗。天马：一作"御马"。玉花骢：玄宗所乘骏马名。

17　画工如山：极言画工之多。貌不同：画的与真马不相同，即画得不像。

18　赤墀(chí):即丹墀,殿中台阶用丹泥涂之,故云。

19　迥立:昂首挺立。阊(chāng)阖(hé):宫门。生长风:形容马飞动神骏之英姿。

20　绢素;绘画用的白绢。

21　意匠:谓巧妙构思。惨淡经营:苦心规划设计。

22　斯须:一会儿,霎时间。九重:指皇宫。真龙出:指马画得逼真,活灵活现。马八尺曰龙,此指玉花骢。

23　一洗:犹一扫。谓曹霸画马胜过所有人间凡马,为空前绝作。

24　却在:不该在而在。御榻:御床。此句谓乍一看以为玉花骢怎么跑到御榻上去了,细看方知是画马。

25　榻上:指曹霸画马。庭前:指赤墀下真马。画马似真,真假难分,故云"屹相向"。屹:屹立。

26　至尊:皇帝,指玄宗。

27　圉(yǔ)人:养马的人。太仆:掌马的官。惆怅:赞赏出神、惊叹莫名之状。

28　韩幹:《历代名画记》卷九:"韩幹,大梁人。……官至太府寺丞。善写貌人物,尤工鞍马。初师曹霸,后自独擅。"入室:喻学问技艺的成就达到精深阶段。旧称亲授嫡传弟子为"入室弟子",语出《论语·先进》:"子曰:'由也升堂矣,未入于室也。'"

29　穷殊相:穷形极相,曲尽变态。

30　画肉:指韩幹画马肥大。骨:指马的神骏风韵。

31　骅骝:传说为周穆王八骏之一。气凋丧:精神衰颓,没有神气。

32　佳士:卓越非凡之人。写真:画像。

33　飘泊干戈:指避安史之乱。干戈,指战乱。

34　屡貌:常常描绘。此句谓曹霸为了糊口,不得不为寻常人画像,可见境遇落魄。

35　途穷:犹言走投无路。眼白:即白眼。曹霸为名画家,却被流俗之辈轻视,故曰"反遭"。

36　坎壈(lǎn):穷困潦倒。

寄韩谏议注

今我不乐思岳阳[1]，身欲奋飞病在床。
美人娟娟隔秋水[2]，濯足洞庭望八荒[3]。
鸿飞冥冥日月白[4]，青枫叶赤天雨霜[5]。
玉京群帝集北斗[6]，或骑麒麟翳凤凰[7]。
芙蓉旌旗烟雾落[8]，影动倒景摇潇湘[9]。
星宫之君醉琼浆[10]，羽人稀少不在旁[11]。
似闻昨者赤松子，恐是汉代韩张良。
昔随刘氏定长安，帷幄未改神惨伤[12]。
国家成败吾岂敢，色难腥腐餐枫香[13]。
周南留滞古所惜[14]，南极老人应寿昌[15]。
美人胡为隔秋水，焉得置之贡玉堂[16]？

此诗首叙怀思韩谏议之意，次言显贵盈朝，高人远引，申明谏议去朝之故，末乃惜其终隐，而望其再出。写得渺茫恍惚，隐曲婉转，若断若续，别具一格。卢世漼曰："竟是一首游仙诗，若直看作游仙，精色又减，妙在是寄韩谏议。"（《读杜私言》）浦起龙谓其"源出楚骚，气味大类谪仙（李白）"（《读杜心解》卷二之三）。

1 岳阳：即今湖南岳阳市，临洞庭湖。

2 美人：以美人比君子，指韩谏议。娟娟：美好貌。隔秋水：用《诗经·秦风·蒹葭》“所谓伊人，在水一方；溯洄从之，道阻且长”之意。时甫流寓夔州，而韩隐居岳阳，故曰“隔秋水”。

3 濯（zhuó）足：以水洗脚，比喻超脱尘俗。洞庭：湖名，在今湖南境内。八荒：八方极远之地。

4 鸿：鹄，即天鹅。冥冥：高远貌，此喻韩之遁世。日月白：喻其去就分明。

5 青枫叶赤：时属深秋，霜降枫叶变红。雨：作动词用。

6 玉京：见前李白《庐山谣寄卢侍御虚舟》“手把芙蓉朝玉京”句注。群帝：犹群仙。北斗：北斗七星。

7 翳：此有舞意。《集仙录》：“群仙毕集，位高者乘鸾（即凤凰），次乘麒麟，次乘龙。”（《杜诗详注》卷十七引）

8 芙蓉旌旗：形容旗帜的华美。烟雾落：谓旌旗如落烟雾之中，隐约闪烁，形容旌旗之多。

9 “影动”句：谓天上之景倒映于潇湘之中。潇、湘为湖南二水名，在永州汇合，流入洞庭湖。以上四句，旧注谓借仙官以喻朝贵。北斗象君，群帝指王公。麟凤旌旗，言骑从仪卫之盛。影动潇湘，谓声势倾动南楚。

10 星宫之君：比沾恩之近侍。琼浆：指美酒。

11　羽人：飞仙。旧注谓“羽人稀少”指韩已去位。

12　赤松子：传说中仙人，为神农时雨师。韩张良：据《汉书·张良传》：“张良，字子房，其先韩人也。”秦灭韩，良曾于博浪沙椎击秦始皇，中副车。后从刘邦定天下，封留侯，高祖曰：“运筹帷幄中，决胜千里外，子房功也。”良功成欲退，曰：“愿弃人间事，欲从赤松子游耳。”乃学仙道，慕轻举。高祖崩，吕后掌权，强留辅政。良不得已，故曰“神惨伤”。以上四句，以张良比韩。称韩张良以切韩之姓。仇兆鳌曰：“以张良方韩，是尝平定西京者。”（《杜诗详注》卷十七）意谓韩在安史之乱时曾从肃宗收复长安有功。

13　吾岂敢：意谓怎敢置国家成败于不顾。色难腥腐：《神仙传》卷五载：壶公数试费长房，令其啖溷，臭恶非常，房色难之。色难，谓面有难色。餐枫香：意即归隐山林。枫香，枫树有脂而香，道教以之和药，服之以求长生，故曰“餐”。二句谓韩虽不忘忧国，但因厌恶浊世而思洁身退隐。

14　周南留滞：《史记·太史公自序》：“是岁，天子始建汉家之封，而太史公留滞周南，不得与从事，故发愤且卒。”周南，古洛阳之地，此以太史公（司马谈）留滞周南，比韩隐居岳阳。

15　南极老人：星名，喻指韩。《晋书·天文志上》：“老人一星，在弧南，一曰南极。……见则治平，主寿昌。”

16　玉堂：即玉殿，在汉未央宫内，此指朝廷。

古柏行

孔明庙前有老柏[1]，柯如青铜根如石[2]。
霜皮溜雨四十围[3]，黛色参天二千尺[4]。
君臣已与时际会，树木犹为人爱惜[5]。
云来气接巫峡长[6]，月出寒通雪山白[7]。
忆昨路绕锦亭东，先主武侯同閟宫[8]。
崔嵬枝干郊原古[9]，窈窕丹青户牖空[10]。
落落盘踞虽得地[11]，冥冥孤高多烈风[12]。
扶持自是神明力[13]，正直原因造化功[14]。
大厦如倾要梁栋[15]，万牛回首丘山重[16]。
不露文章世已惊，未辞剪伐谁能送[17]。
苦心岂免容蝼蚁[18]，香叶曾经宿鸾凤[19]。
志士仁人莫怨嗟[20]，古来材大难为用。

此诗虽咏古柏，实借咏柏以自况，抒发怀才不遇的感慨。全诗共二十四句，凡押三韵，每韵八句，自成段落。前八句咏夔州孔明庙前古柏之高大，引出君臣遇合的感慨；中八句与成都武侯祠古柏比较，突出夔州古柏的孤高正直；最后八句，“卒章显其志”，联系大厦将倾需栋梁的现实，发出“古来材大难为用”的深沉感慨，“不露文章”，写得身份高；“未辞剪伐”，写得意思曲。明里咏物，实以喻人，托物兴感，委婉含蓄，寄托遥深，极沉郁顿挫之致。

1　孔明庙：即武侯庙，诸葛亮字孔明。杜甫在夔州还写有《诸葛庙》《武侯庙》诗。

2　柯：树枝。青铜：形容颜色苍老。如石：形容根扎坚牢。

3　霜皮溜雨：指树干色白光滑。霜皮，一作“苍皮”。围：一人合抱为一围。四十围，极言柏粗。

4　黛色：青黑色，形容柏叶葱郁之状。参天：高耸云霄。二千尺：极言柏高。

5　君臣：指刘备与诸葛亮。际会：遇合。二句谓孔明君臣因时遇合，功德在民，人民思其人犹爱其树，不加剪伐，故古柏长得高大。

6　巫峡：长江三峡之一，在夔州东。

7　雪山：又称雪岭、西山，为岷山主峰，在夔州西。二句仍写古柏之高大。

8　“忆昨”二句：忆成都武侯祠。锦亭，指杜甫在成都所居草堂，因紧靠锦江，中有台亭，故称锦亭。先主，指刘备。武侯，诸葛亮封武乡侯。閟(bì)宫，祠庙。因成都武侯祠原附在先主庙中，故曰“同閟宫”。而武侯祠在草堂东，杜甫经常去拜谒，所谓“丞相祠堂何处寻？锦官城外柏森森”，故曰“路绕锦亭东”。成都武侯祠，在今成都南郊，现已辟为南郊公园，为全国重点文物保护单位。

9 崔嵬：高峻貌。

10 窈（yǎo）窕（tiǎo）：深邃貌。丹青：指庙内壁画。户牖空：谓寂静无人。牖（yǒu），窗户。

11 落落：卓立不群貌。得地：占得地势之利。

12 冥冥：高远貌。孤高：独立高空。

13 “扶持”句：谓古柏不为烈风所摧折，似有神灵呵护。

14 正直：直立挺拔。原因：原是因为。造化功：自然化育之力。此句谓古柏正直，原本自然。

15 大厦如倾：王通《中说·事君》篇：“大厦将颠，非一木所支也。”要：需要。

16 “万牛”句：谓古柏重如丘山，万头牛也拖不动，故徒然回首望之。

17 文章：文采。二句谓古柏不以文采炫世，却为世所敬重；不避砍伐，愿做栋梁，而无人能为采运。

18 苦心：柏心味苦。容蝼蚁：为蝼蚁所蛀蚀。

19 香叶：柏叶有香气。宿鸾凤：为鸾凤一类高贵的鸟所栖宿。

20 仁人：一作“幽人”。

卷三

七言古诗

杜　甫

观公孙大娘弟子舞《剑器》行（并序）

大历二年十月十九日[1]，夔府别驾元持宅[2]，见临颍李十二娘舞《剑器》[3]，壮其蔚跂[4]。问其所师，曰："余，公孙大娘弟子也。"开元三载，余尚童稚，记于郾城观公孙氏舞《剑器浑脱》[5]，浏漓顿挫[6]，独出冠时[7]。自高头宜春、梨园二伎坊内人[8]、洎外供奉[9]，晓是舞者[10]，圣文神武皇帝初[11]，公孙一人而已。玉貌锦衣[12]，况余白首[13]！今兹弟子[14]，亦匪盛颜[15]。既辨其由来[16]，知波澜莫二[17]，抚事感慨[18]，聊为《剑器行》。往者吴人张旭[19]，善草书书帖，数常于邺县见公孙大娘舞《西河剑器》[20]，自此草书长进，豪荡感激[21]，即公孙可知矣[22]。

昔有佳人公孙氏，一舞《剑器》动四方[23]。
观者如山色沮丧[24]，天地为之久低昂[25]。

㸌如羿射九日落[26]，矫如群帝骖龙翔[27]。
来如雷霆收震怒[28]，罢如江海凝清光[29]。
绛唇珠袖两寂寞[30]，晚有弟子传芬芳[31]。
临颍美人在白帝[32]，妙舞此曲神扬扬[33]。
与余问答既有以[34]，感时抚事增惋伤[35]。
先帝侍女八千人[36]，公孙《剑器》初第一[37]。
五十年间似反掌[38]，风尘澒洞昏王室[39]！
梨园子弟散如烟[40]，女乐余姿映寒日[41]。
金粟堆前木已拱[42]，瞿塘石城草萧瑟[43]。
玳弦急管曲复终，乐极哀来月东出[44]。
老夫不知其所往[45]，足茧荒山转愁疾[46]！

此诗题是公孙大娘弟子舞《剑器》，而诗与序却重点都在写公孙大娘，实际上是在借乐舞的今昔对比，以揭示安史之乱前后五十年间治乱兴衰的历史变化，“举一剑器，可该万事”，容量极大，感慨极深，悲壮淋漓，沉郁顿挫，堪称绝妙好词！特别值得指出的是，此诗小序，以诗为文，与诗互为补充，珠联璧合，相得益彰。

1　大历：唐代宗年号。

2　夔府：即夔州，今重庆奉节。别驾：州刺史的佐吏，因随刺史出巡时另乘传车，故称别驾。元持：人名。时为夔州别驾，终都官郎中。

3　临颍：唐属许州颍川郡，故城在今河南临颍西北。

4　壮：激赏。蔚跂（qì）：光彩蔚然而雄健凌厉。

5　开元三载：三，一作“五”。郾（yǎn）城：亦属许州颍川郡，今属河南省。《剑器浑脱》：是《剑器》与《浑脱》两种舞的综合。

6　浏漓顿挫：形容舞姿妍妙活泼而富有节奏。

7　独出：独树一帜。冠时：在当时数第一。

8　高头：即前头。伎坊：即教坊。宜春、梨园设在宫禁内，是内教坊，亦可谓内供奉。

9　洎（jì）：及。外供奉：指设在宫禁外的左、右教坊，以及其他杂应官妓。

10　晓：精通。是舞：即前所谓《剑器》《浑脱》。

11　圣文神武皇帝：即玄宗。开元二十七年二月，群臣上尊号曰开元圣文神武皇帝。此后，又于天宝元年二月、七载五月、八载闰六月、十三载二月四次加尊号，均有“圣文神武”字样。

12　玉貌锦衣：指公孙大娘当时年轻貌美，衣着华贵。

13　白首：白发苍苍，指现在之作者自己。意谓那时“余尚童稚”，而公孙大娘已是妙龄女郎，而今我亦白首，更何况公孙大娘乎！

14　弟子：指李十二娘。

15　匪：同“非”。盛颜：年轻之容貌。

16　由来：来历。指李十二娘舞艺的师承渊源。

17　波澜莫二：指李十二娘的舞蹈艺术风格，与公孙大娘一脉相传，没有两样。

18　抚事：追念往事。感慨：一作“慷慨”，指心情激动。

19　张旭：吴（今江苏苏州）人，唐代著名书法家，擅长草书，时有“草圣”之称。

20　邺县：唐属相州邺郡，在今河南安阳。《西河剑器》：亦作《西河剑气》，也是剑器舞的一种。

21　豪荡感激：豪放跌宕，激动人心。

22　即：犹则。谓公孙大娘的舞蹈，能启发“草圣”张旭，使其书法艺术大进，那么她舞艺的高超则可想而知了。

23　动四方：轰动四方。

24　观者如山：形容人多，犹言人山人海。色沮（jǔ）丧：形容舞蹈之妙让观众眼花缭乱，惊心动魄，面为改色。

25　“天地”句：犹言天旋地转。

26　㸌（huò）：光芒闪烁貌，指舞的剑光。羿（yì）射九日：古代神话传说：尧时十日并出，庄稼草木都被晒死，尧就命后羿去射日，射落了九个。比喻舞姿光彩夺目。

27　矫：矫健。群帝：众天神。骖（cān）龙翔：驾龙飞翔。

28　雷霆：形容击鼓声。收震怒：谓舞者在鼓声中骤停时出场。

29　凝清光：以江海平静时水天一色的景象，来比喻舞蹈的停顿静止。清光，以水色喻剑光。谓舞终时剑光凝固，如江波澄息。以上四句，极言舞蹈之雄妙绝伦，有声有色，惊心动魄。

30　绛唇：红唇，指人。珠袖：指舞。两寂寞：谓公孙大娘人与舞俱亡。

31　弟子：指李十二娘。芬芳：香气，此指美妙的舞艺。

32　临颍美人：即李十二娘。白帝：白帝城，指夔州。

33　神扬扬：神采飞扬。

34　既有以：既有根由，即序中“辨其由来”之意。

35　事：即指这次观舞事。惋伤：惋惜，悲伤。

36　先帝：指玄宗。

37　初第一：谓自始就推她第一。

38　五十年：从开元三年（715）郾城观舞到作此诗时之大历二年（767），凡五十余年，举成数而言。反掌：形容时间过得迅疾。

39　风尘澒（hòng）洞：犹言天昏地暗，指安史之乱。

40　子弟：一作“弟子”，是。散如烟：像烟一样消散。安史之乱，京师乐工歌妓多流散各地，故云。

41　女乐：歌妓，舞女。余姿：容颜中衰，即序所谓“亦匪盛颜”。时当十月，故曰“映寒日”。

42　金粟堆：即金粟山，玄宗泰陵在焉。拱：两臂合抱曰

“拱”。玄宗以广德元年（763）三月葬泰陵，至大历二年已近五年，故曰“木已拱”。

43 瞿塘石城：指白帝城，依山石为城，下临瞿塘峡，故云。萧瑟：萧条冷落。

44 玳弦：一作“玳筵”，较胜。以玳瑁装饰坐具之宴席，称玳筵，犹言盛筵，即指元持宅中的宴会。急管：急促的管乐声。曲复终：既指宴会结束，亦指李十二娘舞《剑器》结束。“复”字，照应序中所云开元三年观公孙大娘舞《剑器》之事。五十年前观公孙舞，正是开元盛世；五十年后，观公孙弟子舞，已是大乱之后，所谓“五十年间似反掌”，故云“乐极哀来”，遂寓无限感慨。

45 老夫：杜甫自谓。

46 足茧：足生胼胝，俗称膙子。杜甫漂泊奔走，故足上生茧，行走不便。转愁疾：足茧行迟，反愁太疾，临去而不忍其去也。

元　结

石鱼湖上醉歌（并序）

漫叟以公田米酿酒[1]，因休暇则载酒于湖上[2]，时取一醉。欢醉中，据湖岸引臂向鱼取酒[3]，使舫载之[4]，遍饮坐者。意疑倚巴丘酌于君山之上[5]，诸子环洞庭而坐[6]，酒舫泛泛然触波涛而往来者[7]，乃作歌以长之[8]。

石鱼湖，似洞庭，夏水欲满君山青。
山为樽，水为沼[9]，酒徒历历坐洲岛[10]。
长风连日作大浪，不能废人运酒舫[11]。
我持长瓢坐巴丘[12]，酌饮四座以散愁。

此诗颇似民歌，通俗易懂，读来顺口。但写得豪放奇肆，充满奇思妙喻。但元结豪饮，原是为“散愁”。何以愁？作者没有说，耐人寻味。其《石鱼湖上作》云：“金玉吾不须，轩冕吾不爱。且欲坐湖畔，石鱼长相对。”我们从中或许能悟出点消息。

1　漫叟：元结自号。

2　休暇：休假。

3 引臂:伸长手臂。鱼:指石鱼凹处。

4 舫:小船。

5 疑:仿佛,好像。巴丘:山名,在湖南岳阳洞庭湖边。君山:在洞庭湖中。

6 诸子:同游之人。

7 泛泛然:飘荡貌。

8 长:放声高歌。

9 樽:酒器。沼:水池。

10 历历:分明可数。

11 废:阻止。

12 长瓢:饮酒器。

韩　愈

山　石

山石荦确行径微[1]，黄昏到寺蝙蝠飞[2]。
升堂坐阶新雨足，芭蕉叶大支子肥[3]。
僧言古壁佛画好，以火来照所见稀[4]。
铺床拂席置羹饭[5]，疏粝亦足饱我饥[6]。
夜深静卧百虫绝，清月出岭光入扉。
天明独去无道路[7]，出入高下穷烟霏[8]。
山红涧碧纷烂漫[9]，时见松枥皆十围[10]。
当流赤足踏涧石，水声激激风生衣[11]。
人生如此自可乐，岂必局促为人鞿[12]？
嗟哉吾党二三子[13]，安得至老不更归[14]！

韩愈诗向以奇崛险怪著称，而此诗则不事雕琢，清峻雄浑，流畅自然，别具一格。开头“山石”四句，写黄昏到寺所见景象，宛然如画；“僧言”四句，写到寺后观画、晚餐情事，平铺直叙；“夜深”二句，宿寺写景，清幽欲绝；“天明”六句，写出寺晨游即景，宛然一幅早行图画；最后“人生”四句，以议论抒怀作结。全诗就是一篇游记，叙事明白，层次井然，摹写逼真，情景如见，堪称大家手笔。

1 荦(luò)确:石多不平貌。行径微:山路狭窄。

2 寺:指洛北惠林寺。

3 支子:即栀子,茜草科常绿灌木,夏初开白花,香味浓郁。肥:写繁花沾雨状。

4 稀:依稀可见。

5 羹:和味的汤。

6 疏粝(lì):糙米。

7 无道路:指晨光熹微中山路尚辨不清。

8 烟霏:山间晨雾。

9 红:指红花。碧:指碧水。烂漫:色彩绚丽。

10 枥:即栎树,落叶乔木。

11 激激:水流声。

12 局促:拘束。靰(jī):马缰绳,此指受人牵制、摆布。

13 吾党:志同道合的朋友。按《韩昌黎集外集·洛北惠林寺题名》:"韩愈、李景兴、侯喜、尉迟汾贞元十七年七月二十二日渔于温洛,宿此而归。"《赠侯喜》诗云"吾党侯生字叔起","平明鞭马出都门","晡时坚坐到黄昏"等,皆与此诗所写时、景合,可见吾党二三子,即指李景兴、侯喜、尉迟汾等人。

14 不更归:不再归,不复归。

八月十五夜赠张功曹

纤云四卷天无河[1]，清风吹空月舒波[2]。
沙平水息声影绝[3]，一杯相属君当歌[4]。
君歌声酸辞正苦，不能听终泪如雨：
“洞庭连天九疑高[5]，蛟龙出没猩鼯号[6]。
十生九死到官所[7]，幽居默默如藏逃[8]。
下床畏蛇食畏药[9]，海气湿蛰熏腥臊[10]。
昨者州前捶大鼓[11]，嗣皇继圣登夔皋[12]。
赦书一日行千里，罪从大辟皆除死[13]。
迁者追回流者还[14]，涤瑕荡垢清朝班[15]。
州家申名使家抑[16]，坎轲只得移荆蛮[17]。
判司卑官不堪说[18]，未免捶楚尘埃间[19]。
同时流辈多上道[20]，天路幽险难追攀[21]。”
君歌且休听我歌，我歌今与君殊科[22]：
“一年明月今宵多[23]，人生由命非由他，
有酒不饮奈明何[24]！”

——

韩愈和张署初为同僚，后同遭贬谪，命运相同，交谊颇深，他自称“最为知君”（《唐故河南令张君（署）墓志铭》）。今遇赦相聚，仍被阻抑，量移蛮荒，不得回朝，适逢中秋之夜，对酒

当歌，自是满腹幽愤。但他不明说，而是借张署之悲歌，倾诉衷曲，哀怨满纸，凄恻动人。这种借他人之酒杯浇自己之块垒的写法，较自己现身说法，更能收到一唱三叹的艺术效果。“君歌”是全诗的主体部分，而“我歌”只有三句，故作旷达，似淡实浓，言近旨远，戛然而止，耐人寻味。在用韵上，开头四句和最后五句都用平声歌韵，中间二十句换四韵，平仄相间，而都是两句上声韵转八句平声韵，这样整齐错综，首尾呼应，既雄浑恣肆，又婉转流畅，极富声情。

1　纤云：纤细的云。河：指银河。因皓月当空而银河不显，故曰“天无河”。

2　波：指月光。

3　水：指郴江。

4　相属：此有相劝意。属（zhǔ），倾注。

5　洞庭：湖名。九疑：山名。都在湖南境。由长安贬临武，途经洞庭湖，九嶷山在临武西。

6　猩：猩猩。鼯（wú）：鼯鼠，又名大飞鼠。

7　官所：指贬所临武。

8　幽居：潜居不出。如藏逃：像藏匿的逃犯似的。

9　食畏药：饮食时担心中毒。

10　湿蛰（zhé）：潮湿。

11　州前：指郴州衙前。捶大鼓：指皇帝登位大赦。

12　嗣皇：继位的皇帝，指唐顺宗。登：进用。夔皋（gāo）：尧舜时的两位贤臣夔和皋陶，此指新皇帝起用贤臣。

13　大辟：死刑。除死：免死。

14　迁者：遭迁谪的人。流者：被流放的人。

15　涤瑕荡垢：指清刷罪名，恢复名誉。清朝班：一作"朝清班"。

16　州家：指州刺史。申名：申报名册。使家：指湖南观察使杨凭。

17　坎轲：即坎坷，指命运不济。荆蛮：江陵古属荆蛮之地。张署量移江陵功曹。

18　判司：唐代州郡佐吏的统称。韩愈为法曹，署为功曹，皆为江陵府佐吏，正七品下小官，故曰"判司卑官"。

19　棰楚：指杖刑。捶，通"棰"，杖。楚，荆木。尘埃间：指伏地受刑。

20　同时流辈：同时受贬谪的人。上道：走上回长安的路。

21　天路：喻指回朝之路。幽险：险恶不平。

22　殊科：不一样，不同类。

23　多：最圆，最美。

24　奈明何：怎么对得起这美好的明月呵！

谒衡岳庙遂宿岳寺题门楼

五岳祭秩皆三公[1]，四方环镇嵩当中[2]。
火维地荒足妖怪[3]，天假神柄专其雄[4]。
喷云泄雾藏半腹[5]，虽有绝顶谁能穷[6]？
我来正逢秋雨节，阴气晦昧无清风[7]。
潜心默祷若有应[8]，岂非正直能感通[9]？
须臾静扫众峰出[10]，仰见突兀撑青空[11]。
紫盖连延接天柱，石廪腾掷堆祝融[12]。
森然魄动下马拜[13]，松柏一径趋灵宫[14]。
粉墙丹柱动光彩[15]，鬼物图画填青红[16]。
升阶伛偻荐脯酒[17]，欲以菲薄明其衷[18]。
庙令老人识神意[19]，睢盱侦伺能鞠躬[20]。
手持杯珓导我掷[21]，云此最吉余难同[22]。
窜逐蛮荒幸不死[23]，衣食才足甘长终[24]。
侯王将相望久绝[25]，神纵欲福难为功[26]。
夜投佛寺上高阁[27]，星月掩映云曈昽[28]。
猿鸣钟动不知曙[29]，杲杲寒日生于东[30]。

此为韩愈七古代表作之一。诗开头两句，先概写五岳，然后专写衡岳。写衡岳，先概写其雄伟气势，再特写其由阴转晴的变化，由众峰的突兀耸立，再特写四峰的各具姿态。然后进到谒庙拜祭、占卜吉凶，末写佛寺投宿，照应题目，脉络清晰，章法井然。而在写登岳谒庙中，寄寓个人身世之感，岳峰的奇姿百态与个人的兀傲不平，错综交织，互为映衬，夹叙夹议，亦庄亦谐，挥洒自如，极具变化。用韵亦颇费苦心，全诗用平声东韵一韵到底，十七个韵句，除三个对句末三字用平仄平外，余皆用三平调，音节铿锵有力，翁方纲称其为“七言平韵到底之正调”（《七言诗平仄举隅》）。

---

1 五岳：指东岳泰山、西岳华山、北岳恒山、南岳衡山、中岳嵩山。祭秩：祭礼的等级。三公：周代以太师、太傅、太保为三公，后历代指称虽有不同，但都指朝廷中的最高官位。句谓按照三公的等级祭祀五岳。天宝五载（746），封南岳神为司天王。

2 嵩当中：中岳嵩山位居五岳中央，唐封嵩山神为天中王。

3 火维：犹火乡、火地，此指南方。足：多。

4 假：授予。神柄：神的权力。专：专擅。二句谓衡岳地处南方荒僻之地，妖怪很多，故天帝授予岳神雄镇一方的威权。

5 半腹：半山腰。

6 绝顶：顶峰。

7 晦昧：阴暗貌。

8 默祷：暗中向岳神祈祷。应：应验。

9　正直：指岳神。感通：感应相通。

10　静扫：指云雾阴霾一扫而光。

11　突兀：高耸突出貌。撑：撑住，有顶天立地意。

12　连延：绵延。腾掷：指山势起伏之状。据说衡山有七十二峰，而以祝融、紫盖、天柱、石廪、芙蓉五峰为最著，主峰祝融海拔 1290 米。二句写四峰姿态各异。

13　森然：敬畏貌。魄动：惊心动魄。

14　一径：一路。灵宫：神宫，即衡岳庙。

15　动：闪烁。

16　填：涂抹。

17　升阶：登上台阶。伛（yǔ）偻（lǚ）：弯腰曲身，表示对岳神诚敬。荐：祭献。脯：干肉。

18　菲薄：微薄，指祭品不丰盛。衷：内心。

19　庙令：掌管神庙的官员。《唐六典·镇戍岳渎关津官吏》："五岳、四渎，令各一人，正九品上。""庙令掌祭祀及判祠事"。识：领会，懂得。

20　睢（suī）盱（xū）：喜悦貌，指面带笑容。侦伺：谓察言观色。鞠躬：谨敬貌。

21　杯珓（jiào）：占卜用具，用蚌壳、竹、木制成。

22　"云此"句：谓庙令老人说韩愈掷得的卦象最吉利，别人的都不如他。

23　窜逐蛮荒：指远贬阳山。

24　甘长终：甘愿长此以终。

25　望：希望，愿望。

26　纵：纵然，即使。福：赐福，庇佑。难为功：无济于事，难以成功。

27　佛寺：指衡岳庙。

28　朣（tóng）朦（méng）：一作“朣胧”，迷蒙隐约貌。

29　曙：天明。谢灵运《从斤竹涧越岭溪行诗》“猿鸣诚知曙”，此反用其意。

30　杲（gǎo）杲：日出明亮貌。

石鼓歌

张生手持石鼓文[1]，劝我试作石鼓歌。
少陵无人谪仙死[2]，才薄将奈石鼓何?
周纲陵迟四海沸[3]，宣王愤起挥天戈[4]。
大开明堂受朝贺[5]，诸侯剑佩鸣相磨。
蒐于岐阳骋雄俊[6]，万里禽兽皆遮罗[7]。
镌功勒成告万世[8]，凿石作鼓隳嵯峨[9]。
从臣才艺咸第一[10]，拣选撰刻留山阿[11]。
雨淋日炙野火燎[12]，鬼物守护烦㧑呵[13]。
公从何处得纸本[14]，毫发尽备无差讹[15]。
辞严义密读难晓，字体不类隶与蝌[16]。
年深岂免有缺画[17]，快剑斫断生蛟鼍[18]。
鸾翔凤翥众仙下[19]，珊瑚碧树交枝柯[20]。
金绳铁索锁钮壮[21]，古鼎跃水龙腾梭[22]。
陋儒编《诗》不收入[23]，
二《雅》褊迫无委蛇[24]。
孔子西行不到秦[25]，掎摭星宿遗羲娥[26]。
嗟余好古生苦晚，对此涕泪双滂沱[27]。
忆昔初蒙博士征，其年始改称元和[28]。
故人从军在右辅[29]，为我度量掘臼科[30]。

濯冠沐浴告祭酒[31]，如此至宝存岂多[32]？
毡包席裹可立致，十鼓只载数骆驼。
荐诸太庙比郜鼎[33]，光价岂止百倍过[34]？
圣恩若许留太学[35]，诸生讲解得切磋[36]。
观经鸿都尚填咽[37]，坐见举国来奔波[38]。
剜苔剔藓露节角[39]，安置妥帖平不颇[40]。
大厦深檐与盖覆，经历久远期无佗[41]。
中朝大官老于事[42]，讵肯感激徒媕婀[43]。
牧童敲火牛砺角[44]，谁复着手为摩挲[45]？
日销月铄就埋没[46]，六年西顾空吟哦[47]。
羲之俗书趁姿媚[48]，数纸尚可博白鹅[49]。
继周八代争战罢[50]，无人收拾理则那[51]？
方今太平日无事，柄任儒术崇丘轲[52]。
安能以此上论列[53]，愿借辩口如悬河[54]。
石鼓之歌止于此，呜呼吾意其蹉跎[55]！

此为韩愈七古名篇之一。全诗长达六十六句，可分四大段。开头到“鬼物守护烦㧑呵”十六句为第一段，交代写作《石鼓歌》的缘起，极赞宣王会猎刻石纪功的盛举；从“公从何处得纸本”，到“掎摭星宿遗羲娥”十四句为第二段，正面写石鼓文，盛赞石鼓文辞的古奥和书法的拙朴精美；从“嗟余好古生苦晚”，到“经历久远期无佗”二十句为第三段，叙述石鼓文非比寻常的价值和自己呼吁朝廷保护石鼓文物的经过；从“中朝大官老于事”，至末十六句为第四段，批评朝中主事大臣不重视保护珍贵历史文物，对石鼓文物惨遭毁坏深致感慨。此诗以文为诗，以议论为诗，体势宏敞，雄浑光怪，典重瑰丽，句奇语重，音韵铿訇，一韵到底。虽气势浑灏，终嫌稍乏藻润转折之妙。又因韩愈疏于考证，对孔子删《诗》无端指斥，失之武断。为抬高石鼓地位，对王羲之书法妄加贬抑，有欠公允。诸如此类，都表现了韩愈逞才使气的弊病。

---

1 张生：指张籍。石鼓文：此指石鼓文的拓本。

2 少陵：指杜甫。谪仙：即李白。

3 周纲陵迟：周朝统治渐衰。纲，纲纪。陵迟，衰落。沸：指民怨沸腾。

4 宣王：周宣王姬静，公元前827年至公元前782年在位，史称“中兴之主”。他曾对淮夷、徐戎、荆蛮、猃狁等用兵，平定四境，故曰“挥天戈”。

5 明堂：古代天子宣明政教的场所，凡朝会、祭祀、庆赏、选士、养老、教学等大典，均在此举行。

6 蒐（sōu）：春猎。岐阳：岐山南面。岐山在今陕西岐山县。骋：驰骋。雄俊：指打猎所乘骏马，亦指围猎的雄俊之士。据

《左传·昭公四年》载，周成王曾大蒐于岐山之阳。《诗经·小雅·车攻》开头两句是“我车既攻，我马既同”，和石鼓文起句相同。《车攻》是写宣王会猎之事，于是韩愈误认为石鼓文所记亦为宣王事。

7　遮罗：张网拦捕。

8　镌（juān）功勒成：刻石纪功。

9　隳（huī）：毁坏。嵯（cuó）峨（é）：山石高峻貌。二句谓开山凿石制成石鼓，刻石纪与诸侯会猎盛事以传后世。

10　咸：都。

11　山阿（ē）：山边。

12　日炙：太阳烤晒。燎：烧。

13　鬼物：指神灵。烦：劳驾。㧑（huī）呵：守卫呵护。

14　公：指张生。纸本：拓本。

15　差讹（é）：差错。

16　隶：隶书，由小篆演变而来的一种字体。蝌：指蝌蚪文，亦作“科斗文”，古代的一种字体，头大尾小，形如蝌蚪，故名。

17　岂免：难免。缺画：笔画缺少。

18　斫（zhuó）：砍。蛟鼍（tuó）：蛟龙。此句化用杜甫《李潮八分小篆歌》：“况潮小篆逼秦相，快剑长戟森相向。八分一字值千金，蛟龙盘拏肉屈强。”

19　鸾（luán）：凤一类鸟。翥（zhù）：鸟飞。

20　珊瑚：海中腔肠动物，骨骼相连，状如树枝，又名珊瑚树。交枝柯：树枝相交。

21　锁钮壮：勾连扣结强劲有力。钮，一作“纽”。

22　古鼎跃水：典出《水经注·泗水》：“周显王四十二年，九鼎沦没泗渊，秦始皇时而鼎见于斯水，始皇自以德合三代，大喜，使数千人没水求之，不得，所谓鼎伏也。”龙腾梭：典出《晋书·陶侃传》：“侃少时渔于雷泽，网得一织梭，以挂于壁，有顷雷雨，自化为龙而去。”

23　陋儒：孤陋寡闻的儒生。《诗》：指《诗经》。

24　二《雅》：指《诗经》中的《大雅》和《小雅》。褊迫：褊狭局促。委（wēi）蛇（yí）：雍容自得貌。

25　秦：今陕西一带，即石鼓所在之地。

26　掎（jǐ）摭（zhí）：摘取。遗：丢掉。羲娥：羲和（传说为日御）和嫦娥，代指日月。

27　滂沱：形容涕泪之多，犹言泪如雨下。

28　“忆昔”二句：指唐宪宗元和元年（806）韩愈被征为国子博士事。其《释言》云：“元和元年六月十日，愈自江陵法曹诏拜国子博士。”

29　故人：未详何人。旧注指郑余庆，不确。右辅：指右扶风，即凤翔府，天兴即为凤翔府属县。

30　度量：测量。臼科：坑穴。

31　濯冠沐浴：表示郑重诚敬。濯(zhuó)冠，净洗冠服。祭酒：国子监的主管官，掌邦国儒学训导之政令。时郑余庆任国子监祭酒，为韩愈的顶头上司。

32　岂多：意谓不多。

33　太庙：帝王的祖庙。郜(gào)鼎：郜国所造鼎，为春秋有名的青铜鼎。

34　光价：烜赫的声价。

35　太学：属国子监，为官办最高学府之一。唐规定五品以上官僚子孙和从三品以上官僚曾孙方能入学受教。

36　切磋(cuō)：相互研讨。

37　鸿都：东汉宫门名，其内置学及书库。填咽(yè)：人多拥塞。《后汉书·蔡邕传》载：灵帝熹平四年，邕等奏求正定六经文字，并亲自书写经文，刻碑立于太学门外，“及碑始立，其观视及摹写者，车乘日千余两(辆)，填塞街陌”。韩愈合二事而用之。

38　坐见：行见，立见。

39　剜：刀挖。剔：刮除。节角：笔锋棱角。

40　妥帖：平正。颇：倾斜。

41　无佗：犹无他，没有意外。

42　老于事：老于世故。

43　讵(jù)肯：岂肯，哪肯。感激：感奋激发。媕(ān)婀(ē)：

没有主见，不负责任。

44 砺：磨。

45 着手：用手。摩挲（sā）：抚摸，爱护。

46 日销月铄（shuò）：日渐毁损。就：归于。

47 六年：从元和元年向国子祭酒报告呼吁，到元和六年作此诗时，正六年。西顾：时韩愈在长安，石鼓在西面的凤翔，故云。吟哦：指吟诵石鼓上刻的诗。

48 羲之：即王羲之，晋代著名书法家。俗书：时俗书法。趁姿媚：追求婉媚妍华。羲之书法，增损古法，变古拙朴质为妍美流便，在以复古为己任的韩愈看来，未免有点媚俗，故云“俗书趁姿媚”，意在抬高石鼓文书法的价值。

49 “数纸”句：《晋书·王羲之传》载：羲之性爱鹅，山阴有一道士，养好鹅，羲之甚悦，固求市之。道士云：“为写《道德经》，当举群相赠耳。”羲之欣然，写毕，笼鹅而归，甚以为乐。此句典源出此。博，换取。

50 八代：指石鼓所在地经历了秦、汉、魏、晋、元魏、齐、周、隋八代。

51 则那（nuò）：怎奈何，那为“奈何”的合音。

52 柄：权柄，权力，此指执政者。丘：孔子名丘。轲：孟子名轲。

53 此：指石鼓文事。论列：议论，申诉。

54　辩口如悬河：指能言善辩、滔滔不绝。

55　蹉跎：本指岁月虚度，此有徒劳无功意。

柳宗元

渔翁

渔翁夜傍西岩宿[1]，晓汲清湘然楚竹[2]。
烟销日出不见人[3]，欸乃一声山水绿[4]。
回看天际下中流[5]，岩上无心云相逐[6]。

此诗为柳诗名篇，诗题虽曰“渔翁”，但主体却是作者自己。在作者心目中，那独宿自炊、飘然自适于山水之间的渔翁，自然令其欣慕。“欸乃一声山水绿”，只闻其声，不见其人，来去无踪，何等自由自在！而渔翁虽似超然尘世之外，却不能不为衣食而奔波。天地间自有更自由自在之所在，那就是不舍昼夜的江流、悠然无心的白云。“回看”是就作者而言，是柳宗元在“回看”一瞬之间的“顿悟”。“无心”者，无机心也，无尘世之心也。山自绿，水自流，云自在，这就是柳宗元在被贬永州期间所追求的超然物外的精神境界。如果说，诗中的“渔翁”是柳宗元自我形象的外化的话，那么，《渔翁》一诗所表现的，就是他避世绝俗、寄情山水白云的心境的外化。

1 西岩：即西山，在湖南永州市零陵区西郊，柳宗元有《始得西山宴游记》。

2　湘：湘水，在西山东。《湘中记》云“湘水至清，虽深五六丈，见底”（《太平御览》卷六十五引），故曰“清湘”。然：同“燃”。句谓早晨汲水燃竹做饭。

3　销：通“消”。

4　欸（ǎi）乃（nǎi）：划船摇橹之声，唐湘中有渔歌《欸乃曲》。

5　天际：天边。

6　“岩上”句：化用陶渊明《归去来兮辞》“云无心以出岫”语意。

白居易

长恨歌

汉皇重色思倾国[1]，御宇多年求不得[2]。
杨家有女初长成，养在深闺人未识[3]。
天生丽质难自弃，一朝选在君王侧。
回头一笑百媚生，六宫粉黛无颜色[4]。
春寒赐浴华清池[5]，温泉水滑洗凝脂[6]。
侍儿扶起娇无力[7]，始是新承恩泽时。
云鬓花颜金步摇[8]，芙蓉帐暖度春宵。
春宵苦短日高起，从此君王不早朝。
承欢侍宴无闲暇，春从春游夜专夜[9]。
后宫佳丽三千人，三千宠爱在一身[10]。
金屋妆成娇侍夜[11]，玉楼宴罢醉和春。
姊妹弟兄皆列土，可怜光彩生门户[12]。
遂令天下父母心，不重生男重生女[13]。
骊宫高处入青云[14]，仙乐风飘处处闻。
缓歌谩舞凝丝竹[15]，尽日君王看不足。
渔阳鼙鼓动地来，惊破《霓裳羽衣曲》[16]。
九重城阙烟尘生[17]，千乘万骑西南行[18]。
翠华摇摇行复止[19]，西出都门百余里[20]。

六军不发无奈何，宛转蛾眉马前死[21]。
花钿委地无人收，翠翘金雀玉搔头[22]。
君王掩面救不得，回看血泪相和流。
黄埃散漫风萧索，云栈萦纡登剑阁[23]。
峨眉山下少人行[24]，旌旗无光日色薄。
蜀江水碧蜀山青，圣主朝朝暮暮情。
行宫见月伤心色[25]，夜雨闻铃肠断声[26]。
天旋地转回龙驭[27]，到此踌躇不能去[28]。
马嵬坡下泥土中，不见玉颜空死处[29]。
君臣相顾尽沾衣，东望都门信马归。
归来池苑皆依旧，太液芙蓉未央柳[30]。
芙蓉如面柳如眉，对此如何不泪垂。
春风桃李花开日，秋雨梧桐叶落时。
西宫南内多秋草[31]，落叶满阶红不扫。
梨园弟子白发新[32]，椒房阿监青娥老[33]。
夕殿萤飞思悄然[34]，孤灯挑尽未成眠。
迟迟钟鼓初长夜[35]，耿耿星河欲曙天[36]。
鸳鸯瓦冷霜华重[37]，翡翠衾寒谁与共[38]？
悠悠生死别经年，魂魄不曾来入梦[39]。
临邛道士鸿都客[40]，能以精诚致魂魄。
为感君王辗转思，遂教方士殷勤觅[41]。

排空驭气奔如电，升天入地求之遍。
上穷碧落下黄泉[42]，两处茫茫皆不见。
忽闻海上有仙山[43]，山在虚无缥缈间[44]。
楼阁玲珑五云起[45]，其中绰约多仙子[46]。
中有一人字太真[47]，雪肤花貌参差是[48]。
金阙西厢叩玉扃[49]，转教小玉报双成[50]。
闻道汉家天子使，九华帐里梦魂惊[51]。
揽衣推枕起徘徊[52]，珠箔银屏迤逦开[53]。
云髻半偏新睡觉[54]，花冠不整下堂来。
风吹仙袂飘飖举[55]，犹似《霓裳羽衣舞》。
玉容寂寞泪阑干[56]，梨花一枝春带雨[57]。
含情凝睇谢君王[58]，一别音容两渺茫。
昭阳殿里恩爱绝[59]，蓬莱宫中日月长[60]。
回头下望人寰处[61]，不见长安见尘雾。
惟将旧物表深情[62]，钿合金钗寄将去[63]。
钗留一股合一扇，钗擘黄金合分钿[64]。
但教心似金钿坚，天上人间会相见[65]。
临别殷勤重寄词，词中有誓两心知。
七月七日长生殿，夜半无人私语时[66]。
在天愿作比翼鸟，在地愿为连理枝[67]。
天长地久有时尽，此恨绵绵无绝期[68]。

关于玄宗派方士寻访贵妃事，当时民间已有流传，《太平广记》卷二十引《仙传拾遗》记杨通幽事叙之甚详，世人少有论及，今摘录如下以备参："杨通幽，本名什伍，广汉什邡人。幼遇道士，教以檄召之术，受三皇天文，役命鬼神，无不立应。……其术数变异，远近称之。玄宗幸蜀，自马嵬之后，属念贵妃，往往辍食忘寐。近侍之臣，密令求访方士，冀少安圣虑。或云杨什伍有考召之法，征至行朝，上问其事，对曰：'虽天上地下，冥寞之中，鬼神之内，皆可历而求之。'上大悦，于内置场以行其术。是夕，奏曰：'已于九地之下，鬼神之中，遍加搜访，不知其所。'上曰：'妃子当不坠于鬼神之伍矣！'二日夜，又奏曰：'九天之上，星辰日月之间，虚空杳冥之际，亦遍寻访，而不知其处。'上悄然不怿曰：'未归天，复何之矣！'炷香燃烛，弥加恳至。三日夜，又奏曰：'于人寰之中，山川岳渎祠庙之内，十洲三岛江海之间，亦遍求访，莫知其所。后于东海之上，蓬莱之顶，南宫西庑，有群仙所居，上元女仙太真者，即贵妃也。'谓什伍曰：'我太上侍女，隶上元宫，圣上太阳朱宫真人，偶以宿缘世念，其愿颇重。圣上降居于世，我谪于人间，以为侍卫耳。此后一纪，自当相见，愿善保圣体，无复意念也。'乃取开元中所赐金钗钿合各半，玉龟子一，寄以为信，曰：'圣上见此，自当醒忆矣。'言讫，流涕而别。什伍以此物进之，上潸然良久，乃曰：'师升天入地，通幽达冥，真得道神仙之士也！'手笔赐名通幽。"董逌《广川画跋》卷一《书马嵬图》云在蜀见《青城山录》，中记玄宗召"广汉陈什邠行朝廷斋场"寻访贵妃事，与此略同。早于白居易的李益，在其《过马嵬二首》其二中，亦有"南内真人悲帐殿，东溟方士问蓬莱"的说法，可见方士寻访贵妃的传说，当时在民间已广为流传。

《长恨歌》是我国古代长篇叙事诗的杰作。白居易根据历史事实和民间传说，经过艺术加工，融合古诗、乐府以及说唱艺术的表现手法，以优美的旋律，绚丽的辞藻，平畅的语言，婉转曲折地描写了一个完整的哀婉凄绝而又富有神话色彩的爱情悲剧故事，感动了千百年来的无数读者。这篇脍炙人口的名作，在作者生前已广为流传，歌妓能诵得《长恨歌》者，身价倍增，作者被誉为"《长恨歌》主"（《与元九书》），白本人也欣然自诩"一篇《长恨》有风情"（《编集拙诗成一十五卷因题卷末戏赠元九李二十》诗），后世更推为"古今长歌第一"（何良俊《四友斋丛说》卷二十五）。但对此诗的主题思想，看法颇多分歧。有主讽喻说者，认为诗借李、杨爱情悲剧以惩戒君主勿蹈荒淫误国的覆辙。有主爱情说者，认为歌颂了李、杨二人真挚和专一的爱情，同情他们的遭遇。有主双重主题说者，认为长诗对李、杨爱情悲剧的描写，既有讽刺批判，又有同情歌颂。还有主长恨说者，认为作者借李、杨爱情悲剧，抒发了天下有情人而终不能成为眷属的千古遗恨。更有倡隐事说者，认为《长恨歌》写的是一件“皇家逸闻”：马嵬事变中贵妃未死，易服潜逃，流落民间，成了女道士。诗写的不是死别之苦，而是生离之恨。甚至认为诗的中心思想是写杨贵妃不忠于爱情。见仁见智，迄无定论。这都反映了《长恨歌》所写历史事件和人物形象的复杂性，作者思想和艺术反映生活的复杂性。形象大于思维。白居易以其精妙绝伦的如椽大笔，采用群众所喜闻乐见的艺术形式，生动形象地表现了唐玄宗和杨贵妃这对特殊历史人物的曲折离奇的爱情故事，这恐怕就是《长恨歌》引起轰动效应的成功秘诀。

赵翼说得好：“香山诗名最著，及身已风行海内，李谪仙后一人而已。……盖其得名，在《长恨歌》一篇。其事本易传，以易传之事，为绝妙之词，有声有情，可歌可泣，文人学士既叹为不可及，妇人女子亦喜闻而乐诵之。是以不胫而走，传遍天下。……自是千古绝作。”（《瓯北诗话》卷四）后世关汉卿《唐明皇哭香囊》、白朴《唐明皇秋夜梧桐雨》、屠隆《彩毫记》、洪升《长生殿》等，均由《长恨歌》衍化而成，可见其影响之深远。

1　汉皇：汉武帝，此借指唐玄宗。倾国：绝世美人。

2　御宇：统治天下。

3　杨家有女：指杨贵妃，小名玉环，父玄琰。始为玄宗子寿王李瑁妃，玄宗爱之，出为女道士，号太真。旋入禁中，甚得玄宗宠幸。天宝四载册为贵妃，礼秩同于皇后。《长恨歌传》云："诏高力士潜搜外宫，得弘农杨玄琰女于寿邸。"此谓"养在深闺人未识"，何焯曰："此为尊者讳。"（《白居易集笺校》卷十二）

4　头：一作"眸"，较胜。六宫粉黛：指后宫妃嫔。无颜色：与杨妃的娇媚相比都黯然失色。

5　华清池：指骊山（在今西安临潼区）华清宫的温泉。按：华清宫原名温泉宫，天宝六载始改名华清，白诗所称赐浴华清事与事实不符。

6　凝脂：形容皮肤白嫩柔滑。

7　侍儿：侍女。娇无力：《长恨歌传》云："别疏汤泉，诏赐澡莹。既出水，体弱力微，若不任罗绮，光彩焕发，转动照人。"

8　金步摇：一种金质首饰。《释名·释首饰》曰："步摇，上有垂珠，步则摇也。"

9　承欢、专夜：《新唐书·杨贵妃传》："太真得幸。善歌舞，邃晓音律，且智算警颖，迎意辄悟。帝大悦，遂专房宴。"专夜，指专宠。

10　佳丽：指妃嫔宫人。三千宠爱在一身：《长恨歌传》："（贵妃）与上行同辇，居同室，宴专席，寝专房，虽有三夫人、九嫔、二十七世妇、八十一御妻暨后宫才人、乐府妓女，使天子无顾盼意,自是六宫无复进幸者。”

11　金屋:用汉武帝金屋藏娇事,典出《汉武故事》。

12　列土:指封官进爵。杨玉环册贵妃后,玄宗追赠其父玄琰太尉、齐国公;母封凉国夫人;叔玄珪光禄卿;从兄铦鸿胪卿;锜侍御史,尚武惠妃女太华公主;国忠位至右相,封魏国公;三姊并封国夫人,帝呼为姨,大姨封韩国,三姨封虢国,八姨封秦国,故曰“皆列土”。满门荣耀,故曰“光彩生门户”。可怜:可羡。

13　“遂令”二句:《长恨歌传》云:“当时谣咏有云:‘生女勿悲酸,生男勿喜欢。’又曰:‘男不封侯女作妃,看女却为门上楣。’其人心羡慕如此。”

14　骊宫:即骊山华清宫。

15　谩:通“慢”。丝竹:管乐器和弦乐器。

16　“渔阳”二句:谓安史之乱爆发。渔阳,天宝元年蓟州改为渔阳郡,约今天津蓟州区一带。高步瀛曰:“唐蓟州,天宝时改渔阳郡,隶范阳节度。安禄山据范阳反唐,如彭宠据渔阳反汉,故不举范阳而举渔阳也。”(《唐宋诗举要》卷二)鼙(pí)鼓,战鼓。《霓裳羽衣曲》,著名舞曲名,本传自西凉,名《婆罗门》,开元中凉州都督杨敬述献,经玄宗润色,天宝十三载七月改为《霓裳羽衣曲》,杨贵妃善为此舞。白居易后于宝历元年(825)作有《霓裳羽衣歌》,述之甚详,可参看。

17　九重城阙:指国都长安。烟尘:指战火。

18 西南行：指天宝十五载（756）六月，安禄山陷潼关，玄宗仓皇离京奔蜀。

19 翠华：用翡翠羽毛装饰的旗子，此指皇帝仪仗。

20 百余里：指马嵬坡，距京城一百一十余里，在今西安西兴平市北。

21 六军：泛指天子禁军。玄宗时实为四军，即左右龙武军、左右羽林军。肃宗至德二载，又置左右神武军，始成六军。白诗盖沿天子六军旧说。宛转：缠绵悱恻状。蛾眉：指杨贵妃。

22 花钿、翠翘、金雀、玉搔头：均为首饰名。玉搔头，即玉簪。

23 云栈：栈道高入云天，故云。萦纡：盘旋萦绕。剑阁：即剑门关，在今四川剑阁县北，为川、陕间重要通道。

24 峨眉山：在今四川峨眉山市西南。玄宗幸蜀，只到成都，未到峨眉，此泛用。

25 行宫：皇帝出行时居住的宫殿。

26 夜雨闻铃：郑处诲《明皇杂录·补遗》："明皇既幸蜀，西南行。初入斜谷，属霖雨涉旬，于栈道雨中闻铃音与山相应。上既悼念贵妃，采其声为《雨霖铃》曲，以寄恨焉。"

27 天旋地转：指形势好转。回龙驭：皇帝车驾回京。

28 此：指贵妃缢死处。踌（chóu）躇（chú）：留恋徘徊。

29 玉颜：指杨贵妃。空死处：空见死处。

30 太液：池名，在长安东北大明宫麟德殿西北，遗址在今西安北郊未央区孙家凹之南。未央：汉宫名，遗址在今西安未央区马家寨。此泛指唐宫苑。芙蓉：荷花。

31　西宫：即西内太极宫。南内：即兴庆宫。玄宗回京后，初居南内，后被胁迫移居西内，不准过问国事。

32　梨园弟子：见前杜甫《观公孙大娘弟子舞〈剑器〉行》注。

33　椒房：后妃所居宫室。阿监：指宫中女官。青娥：指年轻貌美的女子，即上椒房阿监。

34　悄然：忧思貌。

35　迟迟：徐缓貌。

36　耿耿：明亮貌。星河：银河。

37　鸳鸯瓦：嵌合成对的琉璃瓦。霜华：即霜花。

38　翡翠衾：绣有翡翠鸟的被子。此鸟雄曰翡，雌曰翠。

39　魂魄：指杨贵妃的亡魂。

40　临邛（qióng）：唐属邛州临邛郡，今四川邛崃市。鸿都：东汉京城洛阳宫门名，此借指长安。句谓临邛道士客居长安。

41　方士：好神仙方术之人。

42　穷：穷尽。碧落：指天空，系道家语。黄泉：指地下。

43　海上仙山：指传说中的蓬莱、方丈、瀛洲三神山。

44　“山在”句：沈德潜曰：“著‘虚无缥缈’字，知以下皆方士诳言。”（《唐诗别裁集》卷八）

45　五云起：耸立于五色彩云之中。

46 绰约：轻盈柔美貌。仙子：仙女。

47 太真：为杨贵妃道号。

48 参（cēn）差（cī）：仿佛，差不多。

49 金阙：金碧辉煌的仙宫。玉扃（jiōng）：玉石做的门扉。

50 转教：转托。小玉：相传为吴王夫差之女。双成：姓董，传说为西王母侍女。此以小玉、双成借指太真的侍婢。

51 九华帐：典出《博物志》卷三："汉武帝好仙道，祭祀名山大泽，以求神仙之道。时西王母遣使乘白鹿告帝当来，乃供帐九华殿以待之。"

52 揽衣：披衣。

53 珠箔：珠帘。银屏：嵌有银丝花纹的屏风。迤（yǐ）逦（lǐ）：连延不断貌。

54 云髻（jì）：发髻如云。半偏：不整散乱。新睡觉：刚刚睡醒。

55 袂（mèi）：衣袖。

56 寂寞：凄凉忧伤。阑干：纵横貌。

57 梨花：形容肤色之白。

58 凝睇（dì）：注视。

59 昭阳殿：汉宫殿名，后遂以昭阳殿借指受宠后妃居住的宫殿。杜甫《哀江头》："昭阳殿里第一人，同辇随君侍君侧。"李白《宫中行乐词八首》其二："宫中谁第一？飞燕在昭阳。"皆指杨贵妃。

60　蓬莱宫：指海上蓬莱仙山之宫殿。

61　人寰处：犹言尘世间。

62　旧物：指与玄宗定情时的信物，即下云“钿合金钗”。

63　钿合：镶金花的盒子，分两爿，即首饰盒。合，即盒。金钗：金制首饰，有两股。寄将去：托请方士捎去。

64　擘（bò）：分开。

65　天上人间：《长恨歌传》：“或为天，或为人，决再相见，好合如旧。”会：定会。

66　长生殿：为华清宫之斋殿，天宝元年十月修建，又名集灵台，用以祀神。《长恨歌传》叙此事甚详：“玉妃茫然退立，若有所思，徐而言之曰：‘昔天宝十载，侍辇避暑骊山宫。秋七月，牵牛织女相见之夕，秦人风俗，是夜张锦绣，陈饮食，树瓜瓜，焚香于庭，号为乞巧，宫掖间尤尚之。夜殆半，休侍卫于东西厢，独侍上。上凭肩而立，因仰天感牛女事，密相誓心，愿世世为夫妇。言毕，执手各呜咽。此独君王知之耳。’”

67　比翼鸟：《尔雅·释地》：“南方有比翼鸟焉。不比不飞，其名谓之鹣鹣。”连理枝：两树之枝连生在一起。理，纹理。此以“比翼鸟”“连理枝”比喻夫妻和好，恩爱不离。

68　绵绵：长久不绝貌。

琵琶行（并序）

元和十年[1]，余左迁九江郡司马[2]。明年秋，送客湓浦口[3]，闻舟中夜弹琵琶者。听其音，铮铮然有京都声[4]。问其人，本长安倡女，尝学琵琶于穆、曹二善才[5]。年长色衰，委身为贾人妇[6]。遂命酒，使快弹数曲[7]，曲罢悯然[8]。自叙少小时欢乐事，今漂沦憔悴[9]，转徙于江湖间[10]。余出官二年[11]，恬然自安[12]；感斯人言[13]，是夕始觉有迁谪意[14]。因为长歌以赠之。凡六百一十二言[15]，命曰《琵琶行》。

浔阳江头夜送客[16]，枫叶荻花秋瑟瑟[17]。
主人下马客在船，举酒欲饮无管弦。
醉不成欢惨将别，别时茫茫江浸月。
忽闻水上琵琶声，主人忘归客不发。
寻声暗问弹者谁[18]，琵琶声停欲语迟。
移船相近邀相见[19]，添酒回灯重开宴[20]。
千呼万唤始出来，犹抱琵琶半遮面。
转轴拨弦三两声[21]，未成曲调先有情。
弦弦掩抑声声思[22]，似诉平生不得志。
低眉信手续续弹[23]，说尽心中无限事。
轻拢慢捻抹复挑[24]，

初为《霓裳》后《六幺》[25]。
大弦嘈嘈如急雨，小弦切切如私语[26]。
嘈嘈切切错杂弹，大珠小珠落玉盘。
间关莺语花底滑[27]，幽咽泉流水下滩[28]。
冰泉冷涩弦凝绝[29]，凝绝不通声渐歇。
别有幽愁暗恨生，此时无声胜有声[30]。
银瓶乍破水浆迸[31]，铁骑突出刀枪鸣[32]。
曲终收拨当心画[33]，四弦一声如裂帛[34]。
东船西舫悄无言[35]，唯见江心秋月白。
沉吟放拨插弦中[36]，整顿衣裳起敛容[37]。
自言本是京城女，家在虾蟆陵下住[38]。
十三学得琵琶成，名属教坊第一部[39]。
曲罢常教善才服，妆成每被秋娘妒[40]。
五陵年少争缠头，一曲红绡不知数[41]。
钿头银篦击节碎[42]，血色罗裙翻酒污。
今年欢笑复明年，秋月春风等闲度[43]。
弟走从军阿姨死，暮去朝来颜色故。
门前冷落车马稀，老大嫁作商人妇。
商人重利轻别离，前月浮梁买茶去。
去来江口守空船，绕船明月江水寒。
夜深忽梦少年事，梦啼妆泪红阑干[44]。

我闻琵琶已叹息，又闻此语重唧唧[45]。
同是天涯沦落人，相逢何必曾相识。
我从去年辞帝京，谪居卧病浔阳城。
浔阳地僻无音乐，终岁不闻丝竹声。
住近湓城地低湿[46]，黄芦苦竹绕宅生[47]。
其间旦暮闻何物，杜鹃啼血猿哀鸣[48]。
春江花朝秋月夜，往往取酒还独倾[49]。
岂无山歌与村笛？呕哑嘲哳难为听[50]。
今夜闻君琵琶语，如听仙乐耳暂明。
莫辞更坐弹一曲[51]，为君翻作《琵琶行》[52]。
感我此言良久立，却坐促弦弦转急[53]。
凄凄不似向前声[54]，满座重闻皆掩泣。
座中泣下谁最多？江州司马青衫湿[55]。

《琵琶行》和《长恨歌》一样，也是白居易的叙事名篇之一。在作者生前，已是“童子解吟《长恨》曲，胡儿能唱《琵琶》篇”（唐宣宗《吊白居易》），可见其流传之广，影响之深。《琵琶行》的成功之处，就在于它以完美的艺术形式，通过琵琶女精妙绝伦的演奏和撼人心魄的泣诉，抒发了古今失意人共有的“天涯沦落之恨”，缠绵悱恻，凄婉动人，达到了声情并茂的极境，从而引起人们的强烈共鸣。“同是天涯沦落人，相

逢何必曾相识”为全诗主旨，而主旨又是通过长安倡女演奏琵琶这条主线揭示出来的。作者借助“琵琶”这个主要道具，脉络分明而又繁简得宜地敷演了一幕曲折感人的活剧。全诗可分四段，从开头到“犹抱琵琶半遮面”为第一段，“浔阳江头夜送客”，首句七字就将人物、地点、时间、事件一一交代清楚，笔墨可谓精练之极。从“夜送客”引出“无管弦”“惨将别”，已为琵琶女的出场和演奏做了铺垫。“忽闻水上琵琶声”引出琵琶，又从“寻声暗问”“移船邀见”“千呼万唤”才引出琵琶女，未见其人，已闻其声，先声夺人，声中含情，女主人公的出场真可谓费尽心思了。这台开场锣鼓有板有眼，丝丝相扣，扣人心弦，为全诗渲染了气氛，定下了基调；从“转轴拨弦三两声”到“唯见江心秋月白”为第二段，正面描写女主人公弹奏琵琶的高超技艺和感人至深的音乐效果，化抽象为具体，化无形为有形，可谓绘声绘色，惟妙惟肖。作者的高妙之处，不仅在于对可闻而不可见的音乐之声做了精细入微的描写，更在于通过琵琶女弹奏乐曲的过程揭示她的内心世界，通过音乐形象的千变万化，展现了她复杂隐微的心路历程，她的“平生不得志”“心中无限事”和“幽愁暗恨”，都通过音乐这个载体传达给“东船西舫”的听众，并深深地感染了他们，而其中感受最深最切的，当然是作者自己。这段如泣如诉的音乐描写，为以下琵琶女和作者的自叙身世做了有力的铺垫；从“沉吟放拨插弦中”到“梦啼妆泪红阑干”为第三段，是写琵琶女昔盛今衰的悲惨遭遇；从“我闻琵琶已叹息”到结尾为第四段，是作者自诉迁谪遭遇，抒发“同是天涯沦落人”的人生感慨，作者巧妙地将琵琶女的不幸身世与自己的贬谪生涯有机地融合在一起，从而使长诗主题升华到带有普遍社会意义的高度，“情致曲尽，入人肝脾”（王若虚《滹南诗话》卷一）。同是写梨园女艺人，同是寄寓今昔身世之慨，杜以写舞绝，白以写乐绝，同臻极妙，可谓双璧。但就通俗性和抒情性而言，白较杜似又稍胜，白诗更为群众喜闻乐见。元马致远的杂剧《青衫泪》、明顾大典的传奇《青衫记》、清蒋士铨的杂剧《四弦秋》，都是敷演《琵琶行》的故事的。在日本也被改编搬上舞台。可谓琵琶一曲感今古，五洲四海共流传。

---

1 元和：唐宪宗年号。

2 左迁：贬官降职。九江郡：隋郡名，唐武德四年置江州，天宝元年改浔阳郡，乾元元年复为江州，州治在浔阳。司马：官名，州刺史副职，时为闲职。

3 湓浦口：湓水（一名湓浦水）入江处名湓口，在今九江市西。

4 铮铮：象声词，此指弹琵琶发出的响亮声音。京都声：京城中流行的乐调。

5 善才：曲师通称。当时亦实有琵琶高手名曹善才者。元稹

《琵琶歌》:"铁山已近曹、穆间。"原注云:"二善才姓。"

6　委身:托身于人。贾(gǔ)人:商人。

7　快弹:尽兴弹奏。

8　悯然:含愁貌。然,一作"默"。

9　漂沦:漂泊沦落。憔悴:困苦貌。

10　转徙(xǐ):辗转迁移。转,原无,据别本补。

11　出官:出任外官,指出为江州司马。

12　恬然:闲适貌。

13　斯人:这人,指琵琶女。

14　迁谪:降职外调。

15　六百一十二言:全诗实为六百一十六字,"二",当是传写之误。

16　浔阳江:亦名九江,即长江流经今九江市北一段的别名。

17　瑟瑟:萧瑟。

18　暗问:低声寻问。

19　"移船"句:陈寅恪曰:"'移船相近邀相见'之'船',乃'主人下马客在船'之'船',非'去来江口守空船'之'船'。盖江州司马移其客之船,以就浮梁茶商外妇之船,而邀此长安故倡从其所乘之船出来,进入江州司马所送客之船中,故能添酒重宴。否则江口茶商女妇之空船中,恐无如此预设之盛筵也。"(《元白诗笺证稿》第二章)

20 回灯：移灯。

21 转轴拨弦：指弹奏前校弦试音，轴为琵琶上调弦的把手。

22 掩抑：声调幽咽。思：忧思。

23 信手：得心应手，状其弹技娴熟。续续：连续不断。

24 拢：叩弦。捻：揉弦。抹：顺手下拨。挑：反手回拨。皆为弹奏指法，拢、捻为左手指法，抹、挑为右手指法。

25 《霓裳》：即《长恨歌》所云《霓裳羽衣曲》。《六幺》：唐大曲名，又名《绿腰》《录要》《乐世》。

26 大弦：琵琶四弦或五弦，大弦指粗弦。嘈嘈：声音粗而繁。小弦：指细弦。切切：声音细而清。

27 间关：婉转。滑：轻快流利。

28 幽咽：形容声涩不畅，悲抑哽塞。水下滩：一作"冰下难"。

29 凝绝：凝结滞涩。

30 "别有"二句：作者《夜筝》诗云"弦凝指咽声停处，别有深情一万重"，与此二句意近。

31 银瓶：汲水器。乍：突然。迸：溅射。

32 铁骑（jì）：精锐的骑兵。

33 拨：弹弦的拨子。画：通"划"。

34 四弦：所弹琵琶为四弦。裂帛：撕裂丝帛，声音清厉。

35 舫：船。

36 沉吟：沉重不语貌。

37　敛容：端庄有礼的仪容。

38　虾蟆陵：在长安城东南曲江附近，旧说本董仲舒墓，门人过此皆下马，故谓之下马陵，久而讹作虾蟆陵。

39　教坊：唐代教习歌舞曲艺的官办机构，详见前《观公孙大娘弟子舞〈剑器〉行》注。第一部：即坐部。唐教坊分乐为二部：堂下立奏，谓之立部伎；堂上坐奏，谓之坐部伎。立部贱，坐部贵，坐部伎不可教者退为立部伎。

40　秋娘：当时长安名倡，白诗有三处提到秋娘。

41　五陵年少：指贵富子弟。缠头：古时歌舞艺人以锦缠头，表演完毕，客以罗锦为赠，称缠头，后遂作为赠送女妓财物的通称。绡：精美的薄纱，红绡即缠头。

42　钿头银篦（bì）：两头镶有金花的银篦发饰。击节：打拍子。

43　秋月春风：一年中美景，喻指青春年华。等闲度：犹言虚度年华。

44　阑干：泪流纵横貌。

45　唧唧：叹息声。

46　湓城：即浔阳城。城，一作“江”。

47　苦竹：竹之一种，味苦不中食。

48　杜鹃：又名子规、杜宇，传说蜀望帝杜宇，死而化为杜鹃，鸣声哀而吻有血。

49　独倾：独酌，独饮。

50 呕哑嘲（zháo）哳（zhā）：形容声音杂乱而细碎。

51 更坐：再坐。

52 翻作：按曲谱填写歌词。

53 却坐：退回原处坐下。

54 向前声：刚才弹奏过的音调。

55 青衫：唐制服色不视职事官，而视阶官品级而定，九品服用青。白时虽为江州司马，从五品下，但其阶官为将仕郎，从九品下，故服青衫。

李商隐

韩　碑

元和天子神武姿[1]，彼何人哉轩与羲[2]。
誓将上雪列圣耻[3]，坐法宫中朝四夷[4]。
淮西有贼五十载[5]，封狼生貙貙生罴[6]。
不据山河据平地，长戈利矛日可麾[7]。
帝得圣相相曰度，贼斫不死神扶持[8]。
腰悬相印作都统[9]，阴风惨淡天王旗[10]。
愬武古通作牙爪[11]，仪曹外郎载笔随[12]。
行军司马智且勇[13]，十四万众犹虎貔[14]。
入蔡缚贼献太庙[15]，功无与让恩不訾[16]。
帝曰汝度功第一[17]，汝从事愈宜为辞[18]。
愈拜稽首蹈且舞[19]，金石刻画臣能为[20]。
古者世称大手笔[21]，此事不系于职司[22]。
当仁自古有不让[23]，言讫屡颔天子颐[24]。
公退斋戒坐小阁[25]，濡染大笔何淋漓[26]。
点窜《尧典》《舜典》字[27]，
涂改《清庙》《生民》诗[28]。
文成破体书在纸[29]，清晨再拜铺丹墀[30]。
表曰臣愈昧死上[31]，咏神圣功书之碑[32]。

碑高三丈字如斗，负以灵鳌蟠以螭[33]。
句奇语重喻者少，谗之天子言其私。
长绳百尺拽碑倒，粗砂大石相磨治[34]。
公之斯文若元气[35]，先时已入人肝脾[36]。
汤盘孔鼎有述作，今无其器存其辞[37]。
呜呼圣王及圣相[38]，相与烜赫流淳熙[39]。
公之斯文不示后[40]，曷与三五相攀追[41]。
愿书万本诵万遍，口角流沫右手胝[42]。
传之七十有二代，以为封禅玉检明堂基[43]。

李商隐的这首诗，对韩碑给予最高的评价，极尽颂扬之能事。他不仅完全赞同韩碑的观点，而诗的风格亦学韩，以文为诗，以议论为诗，恣肆豪纵，雄健高古，甚似韩愈，但清新明快，晓畅流利，实又过之。就思想而言，李商隐和韩愈一样，都是坚决反对藩镇割据，主张加强中央集权以维护祖国统一的。而《韩碑》一诗，较韩碑更加突出宰相裴度的地位和作用，更加强调君臣遇合，君臣相协，“呜呼圣王及圣相，相与烜赫流淳熙”二句，可谓全诗之纲、主旨所在。“元和天子”要“上雪列圣耻”，关键在于“得圣相”。“贼斫不死神扶持”，天佑圣相，其意亦在辅佐圣君。只要君臣同心，群策群力，藩镇叛将再猖獗，也是可以缚之“献太庙”的。韩碑“句奇语重喻者少”，所喻者何？就是君臣同心，强藩必削。韩愈“濡染大笔何淋漓”，极意发挥的就是这种思想。《韩碑》揄扬韩碑“咏神圣功”，比之于汤盘、孔鼎，深情地慨叹“公之斯文若元气”“公之斯文不示后，曷与三五相攀追”，极尽一唱三叹之遗意，着力发挥的也是这种思想。韩碑之不朽，就在于它能“传之七十有二代，以为封禅玉检明堂基”。韩愈撰碑、扑碑之事，已经过去了几十年，李商隐何以“愿书万本诵万遍，口角流沫右手胝”，对它一往情深呢？如果联系李商隐一贯借咏史以寄慨的创作特点，我们认为，他的《韩碑》是融有很深的现实感慨的。确切地说，他是为李德裕而发的。李德裕与裴度极为相似，两人都是唐中叶“第一等人物”，而且有着很深的关系。德裕之父李吉甫，元和初宰相，亦主削藩，在宪宗平定刘辟、李锜、吴元济、李师道等叛镇过程中，他都有谋划之功，与裴度是一致的。裴度又曾荐德裕为相。裴度相宪宗，与德裕相武宗，君臣同心亦极相似。特别是在反对藩镇割据和限制宦官专权两个重大政治问题上，裴、李政见是相同的。而德裕的平定泽潞叛镇刘稹，与裴度的平定淮西吴元济之乱，简直可以说是历史的重演。可见李商隐对李德裕的推崇，并非溢美之词。《新唐书·裴度传论》云：“惟天子赫然排群议，任度政事，倚以讨贼。身督战，遂平淮西。非度破贼之难，任度之为难也。韩愈颂其功曰：‘凡此蔡功，惟断乃成。’其知言哉！”李商隐借咏韩碑所抒发的，正是这种君臣难遇的深沉绵邈之慨。

1　元和天子：指唐宪宗李纯。神武：神明而威武。宪宗谥曰圣神章武孝皇帝。

2　轩：黄帝轩辕氏。羲：伏羲氏。此以古之圣君比宪宗。

3　列圣耻：指玄、肃、代、德、顺历朝皇帝身受藩镇叛据之害，如玄宗因安史之乱而逃奔四川、德宗因朱泚之乱而逃往奉天等。

4　法宫：正殿。四夷：四方边远之地。

5　“淮西”句：淮西藩镇自宝应元年（762）李忠臣拜淮西十一州节度，中经李希烈、陈仙奇、吴少诚、吴少阳，直到元和十二年（817）吴元济被杀，凡五十六年。举成数而言，故曰“五十载”。

6　封狼：大狼。貙（chū）：似狸而大。罴（pí）：一种大熊，又叫人熊或马熊。李忠臣贪暴嗜色，为李希烈所逐，后叛附朱泚被诛。李希烈性毒酷，僭称建兴王，后被陈仙奇毒死。仙奇又为吴少诚所杀。少诚出兵攻掠，少阳自为留后。元济不听朝命。故以凶残猛兽比之。

7　麾：通“挥”。

8　度：裴度，字中立，河东闻喜（今属山西）人。他与宰相武元衡力主对淮西讨伐，淄青镇李师道和成德镇王承宗上表请赦吴元济，宪宗不许。元和十年六月，李师道派刺客暗杀武元衡，刺伤裴度。宪宗怒曰："度得全，天也。……吾倚度，足破三贼矣！"三天后即拜裴度为相（《新唐书·裴度传》），二句指此。斫（zhuó）：砍。神扶持：语出孙绰《游天台山赋》"实神明之所扶持"。

9　都统：统帅。时裴度以宰相兼任淮西宣慰处置使，充彰义军节度使、蔡州刺史。

10　天王旗：天子之旗。

11　愬（sù）：指唐邓随节度使李愬。武：指淮西诸军行营都统韩弘之子公武。古：指鄂岳沔蕲安黄团练使李道古。通：指寿州团练使李文通。牙爪：即爪牙，此谓得力干将。

12　仪曹外郎：唐武德三年改仪曹承务郎为礼部员外郎，时李宗闵以礼部员外郎兼侍御史，为判官书记，从裴度出征，故曰"载笔随"。

13　行军司马：时以太子右庶子韩愈兼御史中丞，充彰义军行军司马。韩愈曾上《论淮西事宜状》陈说利害，谓"以（淮西）三小州残弊困剧之余，而当天下之全力，其破败可立而待也"，其论有豪杰智略、儒者规矩。尝请先入汴说韩弘，使其协力；又请自提兵五千，间道入取吴元济，裴度不从。故曰"智且勇"。

14　虎、貔（pí）：皆为猛兽，以比战士英勇。

15　入蔡缚贼：指李愬雪夜袭蔡州，擒吴元济，献于庙社，斩之于京师独柳树。太庙:皇帝的祖庙。

16　功无与让:功劳最大,无人可比。无与让,犹当仁不让。恩不訾(zī):皇恩浩荡,不可计量。訾:同“赀”,计量。裴度以平蔡功,诏加金紫光禄大夫、弘文馆大学士,赐勋上柱国,封晋国公,食邑三千户,复知政事,故曰“恩不訾”。

17　功第一:汉初功臣论功行封,高祖以萧何为第一。唐高宗总章元年四月,以太原原从西府功臣分为第一功、第二功二等官。宪宗朝,史称“唐室中兴”,论功度当第一,可见所云有自。

18　从事:属吏,韩愈为裴度行军司马,故云。宜为辞:最适宜属辞以纪裴度之功。

19　稽(qǐ)首:叩头。蹈且舞:手舞足蹈。

20　金石刻画:指镌刻在钟鼎、碑石上的歌功颂德文字。

21　“者”:一作“今”。大手笔:犹言大著作,指有关国家大事的著述。

22　职司:主管其事的官员,司其职者当为翰林学士。

23　当仁不让:义不容辞。

24　颔颐:犹言点头、首肯。颔(hàn),动也。颐(yí),面颊。

25　斋戒:古人祭祀前的一种庄重仪式,此指韩愈撰碑时的严肃恭谨。

26　濡染:浸润。淋漓:酣畅貌,此指写作时大笔挥洒自如。

27　点窜:涂改文字。《尧典》《舜典》:均为《尚书》篇名。

28　《清庙》《生民》：均为《诗经》篇名。

29　破体：破当时为文之体，指在继承前人体式的基础上有所变异创新。

30　丹墀（chí）：殿前涂以红漆的台阶。

31　昧死：冒死。

32　咏：颂扬。神圣功：指宪宗、裴度这对圣君贤相的平蔡之丰功伟绩，即韩碑所云："不赦不疑，由天子明。凡此蔡功，惟断乃成。"

33　灵鳌（áo）：神龟。蟠：盘绕。螭（chí）：龙类动物。此句谓神龟驮碑，碑石上镌刻有盘绕的螭龙。

34　喻：懂得，领会。私：偏私。拽：用力拉。磨治：指磨去碑文。"句奇"四句：指李愬妻向宪宗陈诉韩碑不实事。但罗隐《说石烈士》则谓李愬部下石孝忠因愤韩碑"功尽归乎丞相"，而推碑几仆，致为宪宗所闻，得以面陈李愬功，宪宗"复诏翰林段学士撰《淮西碑》，一如孝忠语"。

35　斯文：指《平淮西碑》。元气：精神，为生命之元气。

36　先时：早时。入人肝脾：繁钦《与魏文帝笺》："凄入肝脾，哀感顽艳。"

37　汤盘：传说为商汤沐浴之盘，其上刻铭文曰："苟日新，日日新，又日新。"孔鼎：为孔子祖先正考父之鼎，其上刻铭文曰："一命而偻，再命而伛，三命而俯，亦莫余敢侮。饘于是，鬻于是，以糊余口。”此以汤盘、孔鼎誉韩碑，碑虽拽倒磨去，但碑文却光耀人间，流传千古。

38 圣王：指宪宗。王，一作“皇”。圣相：指裴度。

39 烜（xuǎn）赫：声威昭著。淳熙：光明正大。

40 示后：传示后世。

41 三五：三皇五帝，其具体所指，说法不一。相攀追：犹言看齐。

42 胝（zhī）：胼胝，指手上磨起老茧。

43 七十有二代：《史记·封禅书》：“管仲曰：‘古者封泰山禅梁父者七十二家……皆受命然后得封禅。’”二，一作“三”，则包括唐代，宜从。封禅：为古代帝王祭祀天地的盛大典礼，在泰山筑坛祭天，报天之功，称“封”；在泰山下梁父辟场祭地，报地之功，称“禅”。古代帝王非功德卓著者不能封禅。玉检：玉制的书函盖，下藏封禅所用文书，称玉牒。明堂：见前韩愈《石鼓歌》注。韩碑：“既定淮蔡，四夷毕来。遂开明堂，坐以治之。”末二句本此。

卷四

七言乐府

高　适

燕歌行（并序）

开元二十六年，客有从元戎出塞而还者[1]，作《燕歌行》以示适。感征戍之事，因而和焉。

汉家烟尘在东北[2]，汉将辞家破残贼[3]。
男儿本自重横行[4]，天子非常赐颜色[5]。
摐金伐鼓下榆关[6]，旌旗逶迤碣石间[7]。
校尉羽书飞瀚海[8]，单于猎火照狼山[9]。
山川萧条极边土[10]，胡骑凭陵杂风雨[11]。
战士军前半死生，美人帐下犹歌舞。
大漠穷秋塞草衰[12]，孤城落日斗兵稀。
身当恩遇常轻敌[13]，力尽关山未解围。
铁衣远戍辛勤久[14]，玉箸应啼别离后[15]。
少妇城南欲断肠[16]，征人蓟北空回首[17]。

边风飘飘那可度[18]，绝域苍茫更何有[19]？
杀气三时作阵云[20]，寒声一夜传刁斗[21]。
相看白刃血纷纷，死节从来岂顾勋[22]？
君不见沙场争战苦[23]，至今犹忆李将军[24]。

最能代表高适诗慷慨激昂、豪放悲壮风格的，就是这首千古传诵的《燕歌行》。但它并非一味悲壮，而是层次分明，顿挫有致。全诗可分三大段，前八句为第一段，写汉将闻警受命而率军出征，军容威武，声势豪壮；中间八句为第二段，写残酷鏖战与军中苦乐不均，景象凄惨，感情沉痛；最后十二句为第三段，写征人思妇生离死别的痛苦和战士以死报国的英雄气概，凄婉悲壮，感人涕下。全诗叙事与抒情相结合，穷秋大漠自然环境的描绘，惊心动魄战斗场面的渲染，士卒复杂内心活动的揭示，诗人强烈爱憎感情的抒发，错综交织，构成一个有机的矛盾统一体。为了增强艺术感染的力量，诗人运用对比的手法，将敌我对比，今昔对比，征人与思妇对比，将帅与战士对比，特别是“战士军前半死生，美人帐下犹歌舞”，与结尾“君不见沙场征战苦，至今犹忆李将军”所形成的鲜明对比，更是振聋发聩，发人深省。为了增强全诗的声情之美，作者在用韵上亦极讲究，每四句一换韵，且平仄相间，抑扬有节，散偶交错，婉转自然，构成一曲悲壮的史诗。

1　客：或指畅璀，或指高式颜。元戎：军事统帅，此指张守珪。张为幽州长史、河北节度副大使、河北采访处置使，开元二十三年，拜辅国大将军、右羽林大将军、兼御史大夫，故“元戎”亦作“御史大夫张公”。

2　汉家：以汉代唐，唐人习用。烟尘：烽烟和尘土，谓边疆寇警。

3　残贼：残暴的敌人。

4　横行：纵横驰骋，勇战疆场。

5　非常赐颜色：谓宠赐优渥，非同寻常。

6　摐（chuáng）：敲击。金：指钲、铃一类行军乐器。伐：击。古时军中以击打金鼓为指挥进退的信号。榆关：即今山海关。

7　逶（wēi）迤（yí）：弯曲而长，指旌旗飘扬貌。碣（jié）石：山名，在今河北昌黎县北。

8　校尉：武职名。汉武帝时置八校尉，为特种部队将领。唐为武散官，位次将军。此泛指武将。羽书：即羽檄，指插有鸟羽的紧急军事文书。瀚海：北海名，在今蒙古高原东北，亦作“翰海”。

9　单（chán）于：匈奴君长的称号，此泛指敌方首领。猎火：围猎之火，此喻指战火。狼山：即狼居胥山，在今内蒙古狼山县西北。

10　萧条：荒凉。极边土：边境之地。

11 凭陵：恃势侵陵。风雨：形容胡骑来势凶猛。

12 穷秋：深秋。衰：一作"腓"，草木衰萎变黄。

13 恩遇：朝廷宠任。轻敌：不把敌人放在眼里。

14 铁衣：铁甲，代指出征战士。

15 玉箸：玉做的筷子，此指思妇的眼泪。

16 少妇：指战士妻子。

17 征人：指远戍战士。蓟北：指唐蓟州（今天津蓟州区）以北地区。

18 边风飘飖：一作"边庭飘飖"。度：越过。

19 绝域：极僻远之地。苍茫：茫茫无际貌。更何有：意即无所有。

20 三时：指早、午、晚，即一整天。

21 刁斗：军用金属工具，日以炊饭，夜以打更。

22 死节：指为国捐躯。节：气节，节操。勋：指个人功勋。

23 沙场：战场。

24 李将军：指汉代抵抗匈奴的名将李广；或谓指战国时赵良将李牧，但此诗全用汉事，当以李广为是。

李　颀

古从军行

白日登山望烽火，黄昏饮马傍交河[1]。
行人刁斗风沙暗[2]，公主琵琶幽怨多[3]。
野营万里无城郭，雨雪纷纷连大漠。
胡雁哀鸣夜夜飞，胡儿眼泪双双落。
闻道玉门犹被遮[4]，应将性命逐轻车[5]。
年年战骨埋荒外[6]，空见蒲萄入汉家[7]。

玄宗天宝年间，连年对外用兵，人民备受穷兵黩武之苦。此诗借汉讽唐，反映了征战边塞的艰苦，控诉了统治者草菅人命的行为。中四句极写边地悲凉之境，“胡雁”“胡儿”尚且不忍，哀鸣泪落，内地远戍之人就更加不堪忍受了。又连用“纷纷”“夜夜”“双双”三组叠字，更渲染了艰难悲凉的氛围；末二句，运用对比手法，谓年年征战的结果，是战骨埋塞外，战士至死不得还乡，而换来的却是葡萄入汉家。其情甚哀，其言甚痛，真有画龙点睛之妙。

1　交河：在今新疆吐鲁番西北，因河水分流绕城下而得名，唐为安西都护府治所。

2 行人：从军之人。刁斗：见前《燕歌行》注。

3 公主琵琶：汉武帝时遣江都王刘建女细君以公主身份远嫁乌孙和亲，使人马上弹琵琶以解其思乡之愁，故曰“公主琵琶”。

4 玉门被遮：《史记·大宛列传》载：汉武帝太初元年（前104），命贰师将军李广利率兵数万攻大宛，攻战不利，引兵还敦煌，士卒存者不过十一二，请暂罢兵，武帝闻之大怒，“使使遮玉门。曰：‘军有敢入者，辄斩之！’”玉门，指西汉玉门关，故址在今甘肃敦煌西北小方盘城。遮，阻挡。

5 逐：追随。轻车：汉有轻车将军、轻车都尉，此泛指将领。

6 荒外：边远荒凉之地。

7 空见：只见，徒见。蒲萄：即葡萄，亦作蒲陶、蒲桃。

王　维

洛阳女儿行

洛阳女儿对门居，才可颜容十五余[1]。
良人玉勒乘骢马[2]，侍女金盘脍鲤鱼[3]。
画阁珠楼尽相望，红桃绿柳垂檐向。
罗帏送上七香车[4]，宝扇迎归九华帐[5]。
狂夫富贵在青春[6]，意气骄奢剧季伦[7]。
自怜碧玉亲教舞[8]，不惜珊瑚持与人[9]。
春窗曙灭九微火[10]，九微片片飞花琐[11]。
戏罢曾无理曲时[12]，妆成只是熏香坐[13]。
城中相识尽繁华[14]，日夜经过赵李家[15]。
谁怜越女颜如玉[16]，贫贱江头自浣纱。

此诗极力铺写洛阳女儿豪华娇贵而空虚无聊的生活，及其夫骄奢豪横、尽交权贵的可鄙行径，只末二句以贫女虽美而无人怜爱的处境，与前形成强烈对比。卒章显志，寓意深远。

1　对门居：住在对门。才可：刚好。颜容：一作“容颜”。

2　良人：古代女子对丈夫的称呼。玉勒：用玉装饰的马络头。骢马：青白色的马。

3　脍(kuài):细切鱼肉。

4　罗帏:丝罗织的帏幔。七香车:华贵的车子。

5　宝扇:遮扇。九华帐:鲜艳华美的罗帐。

6　狂夫:古代妇女自称其夫的谦词,意谓放荡不羁。在青春:正当青春年少。

7　意气:逞情任性。剧:甚于,胜过。季伦:晋石崇字,以豪奢著称。

8　怜:爱。碧玉:此以碧玉代指洛阳女儿。

9　《晋书·石崇传》载:石崇与王恺斗富,晋武帝助恺,赐给他一株二尺高的珊瑚树。恺以示崇,崇以铁如意击碎。恺既惜又恼,崇曰:“不用生气,还你就是。”于是搬出六七株高三四尺的珊瑚树让王恺挑选,王恺自愧不如。此以石崇比其夫豪奢。

10　曙:天亮。九微:灯名。

11　花琐:指灯花碎屑。

12　戏:嬉戏。曾无:从无。理曲:温习歌曲。

13　妆成:打扮完毕。熏香:用香料放在熏炉中熏衣服。

14　繁华:指富贵之家。

15　赵李家:说法不一,当以指汉成帝皇后赵飞燕和婕妤李平的戚属为是。此指贵戚之家、佞幸之辈。

16　越女:指西施,贫贱时曾在越溪浣纱。

老将行

少年十五二十时，步行夺得胡马骑[1]。
射杀山中白额虎[2]，肯数邺下黄须儿[3]？
一身转战三千里，一剑曾当百万师。
汉兵奋迅如霹雳[4]，虏骑奔腾畏蒺藜[5]。
卫青不败由天幸[6]，李广无功缘数奇[7]。
自从弃置便衰朽[8]，世事蹉跎成白首[9]。
昔时飞箭无全目[10]，今日垂杨生左肘[11]。
路傍时卖故侯瓜[12]，门前学种先生柳[13]。
苍茫古木连穷巷[14]，寥落寒山对虚牖[15]。
誓令疏勒出飞泉[16]，不似颍川空使酒[17]。
贺兰山下阵如云[18]，羽檄交驰日夕闻[19]。
节使三河募年少[20]，诏书五道出将军[21]。
试拂铁衣如雪色[22]，聊持宝剑动星文[23]。
愿得燕弓射大将[24]，耻令越甲鸣吾君[25]。
莫嫌旧日云中守，犹堪一战立功勋[26]。

唐人诗中直以《老将》为题的有七八首，但都不及王维这首《老将行》写得深挚感人，动人心魄。之所以如此，艺术技巧的精湛与否是一个很重要的原因。清人张实居说：“七言长篇，宜富丽，宜峭绝，而言不悉。波澜要宏阔，陡起陡止，一层不了，又起一层。卷舒要如意警拔，而无铺叙之迹，又要徘徊回顾，不失题面。”“长篇如王摩诘《老将行》……最有法度”（《师友诗传录》）。所谓“最有法度”，一是指章法严谨：全诗分三大段，每段十句，一段一韵，凡三换韵，且平仄韵相间。首尾两段用平韵，昂扬奋发。中间一段用仄韵，抑郁悲凉。结构匀整，声情相称。段与段间，以时间先后为经，以感情变化为纬，起承转接，紧凑自然。二是指属对工整：这首诗虽是七古，但几乎是句句相对，而以“黄须儿”对“白额虎”，“百万师”对“三千里”，“先生柳”对“故侯瓜”，“寥落”对“苍茫”，“五道”对“三河”，“越甲”对“燕弓”，尤为工巧。所以清人沈德潜谓“此种诗纯以对仗胜”（《唐诗别裁集》卷五）。三是指用事贴切：全诗连用李广、曹彰、召平、陶渊明、耿恭、灌夫、雍门子狄、魏尚等十几个典故，从不同的角度和方面，表现了老将复杂微妙的精神世界和心路历程，扩大了诗篇的容量，确切而有力地表现了诗歌的主题。老将军身闲犹奋报国心，千载之下犹令人感奋，故有人将此诗誉为“文人乐府之杰构”。

1　夺得胡马骑：用的是汉名将李广的典故。

2　白额虎：额有白色斑纹的猛虎，用的也是李广的故事。《史记》载:“广出猎,见草中石,以为虎而射之,中石没镞。视之石也。”

3　肯数:哪肯数,犹言不让。黄须儿:指曹操二子曹彰。《三国志·魏书》本传说他“少善射御,膂力过人,手格猛兽,不避险阻”。北伐代郡乌桓,奋勇破敌,平定北方。而曹操召见时,他却归功诸将。曹操大喜,持彰须赞扬说:“黄须儿竟大奇也!”邺下:曹操封魏王,建都于邺(今河北临漳西)。

4　奋迅:勇猛迅捷。霹雳:急雷。

5　虏骑(jì):指敌人骑兵。蒺藜:指铁蒺藜,作战所用阻敌前进的障碍物。

6　卫青:其姊卫子夫为汉武帝皇后,因得贵幸,后击匈奴有功,被封为大将军。卫青的外甥霍去病,亦得武帝宠爱,因伐匈奴有功,被封为骠骑将军。天幸:本指霍去病事,诗指卫青,是借用。天幸,指侥幸取胜,亦指皇帝宠幸。

7　“李广”句:李广与卫青同征匈奴,虽屡立战功,却是无功无赏。而且汉武帝曾暗中告诫卫青:“李广老,数奇,毋令当单于,恐不得所欲。”(《史记·李将军列传》)数奇,指命运不好。

8　弃置:放弃不用。

9　蹉(cuō)跎(tuó):虚度岁月。

10　飞箭无全目:是追忆将军早年武艺超群,箭无虚发。

11　垂杨生左肘:典出《庄子·外篇·至乐》:“支离叔与滑介

叔观于冥伯之丘，昆仑之虚，黄帝之所休。俄而柳生其左肘，其意蹶蹶然恶之。”柳，借为“瘤”。杨、柳为同科植物，诗因平仄关系，故改“柳”为“杨”，杨谐“疡”。疡，即瘤也。

12 故侯瓜：秦东陵侯召平，秦亡为布衣，贫而种瓜于长安城东，瓜美，人称东陵瓜（《史记·萧相国世家》）。

13 先生柳：晋陶渊明辞官归隐，尝著《五柳先生传》以自况：“先生不知何许人也，亦不详其姓字，宅边有五柳树，因以为号焉。”

14 穷巷：僻巷。

15 寥落：寂寥冷落。虚牖（yǒu）：敞开的窗户。

16 疏勒出飞泉：据《后汉书·耿弇传》载：耿恭据守疏勒城（今属新疆），“匈奴遂于城下拥绝涧水。恭于城中穿井十五丈不得水，吏士渴乏。笮马粪汁而饮之。恭仰叹曰：‘闻昔贰师将军拔佩刀刺山，飞泉涌出；今汉德神明，岂有穷哉！’乃整衣服向井再拜，为吏士祷。有顷，水泉奔出，众皆称万岁。乃令吏士扬水以示虏。虏出不意，以为神明，遂引去”。

17 颍川使酒：汉将军灌夫，颍川人，一介武夫，为人刚直使酒。使酒，逞酒使气。

18 贺兰山：在今宁夏境内，唐时为西北“边城之巨防”，唐王朝与西北各少数民族经常在这里发生战争，故曰“阵如云”。

19 羽檄（xí）：告急军书。

20　节使：持有朝廷符节的使臣。三河：指汉河东、河内、河南三郡，相当今河南北部、中部及山西南部地区。募：招募。

21　“诏书”句：谓皇帝诏令诸路将军率兵出击敌人。

22　铁衣：指铠甲。如雪色：形容雪光锃亮。

23　聊持：且持。宝剑动星文：挥动刻有七星花纹的宝剑。

24　燕弓：燕地所出之劲弓。

25　越甲鸣吾君：典出《说苑·立节》篇：越兵攻齐，雍门子狄对齐王说：“越甲至，其鸣吾君。”认为越兵惊扰了齐王，是自己的失职，于是自刎而死。越军为之退兵七十里，说齐王有这样的臣子，侵犯齐国会对越国社稷不利，于是撤兵而归。

26　“莫嫌”二句：用汉将魏尚事。《史记·冯唐列传》载：魏尚任云中太守时，极得军心，匈奴不敢犯边。后因上功首虏差六级，被削职为民。后冯唐对文帝说起此事，认为“赏太轻，罚太重”。文帝即令冯唐持节赦免魏尚，复为云中太守。此以魏尚自比。云中，汉郡名，在今山西大同一带。

桃源行

渔舟逐水爱山春[1]，两岸桃花夹古津[2]。
坐看红树不知远[3]，行尽青溪忽值人[4]。
山口潜行始隈隩[5]，山开旷望旋平陆[6]。
遥看一处攒云树，近入千家散花竹[7]。
樵客初传汉姓名[8]，居人未改秦衣服。
居人共住武陵源[9]，还从物外起田园[10]。
月明松下房栊静[11]，日出云中鸡犬喧[12]。
惊闻俗客争来集[13]，竞引还家问都邑[14]。
平明闾巷扫花开[15]，薄暮渔樵乘水入[16]。
初因避地去人间，更问神仙遂不还[17]。
峡里谁知有人事[18]，世中遥望空云山[19]。
不疑灵境难闻见[20]，尘心未尽思乡县[21]。
出洞无论隔山水[22]，辞家终拟长游衍[23]。
自谓经过旧不迷，安知峰壑今来变。
当时只记入山深，青溪几度到云林。
春来遍是桃花水[24]，不辨仙源何处寻。

此诗借咏桃花源事，寄托了作者对美好理想的憧憬。全诗格律谨严，风神淡古，意境超脱，寓意深长。王士禛曰：“唐宋以来，作《桃源行》最佳者，王摩诘、韩退之、王介甫（安石）三篇。观退之、介甫二诗，笔力意思甚可喜。及读摩诘诗，多少自在。二公便如努力挽强，不免面红耳赤，此盛唐所以高不可及。”（《池北偶谈》卷十四）沈德潜亦谓王诗“顺文叙事，不须自出意见，而夷犹容与，令人味之不尽”（《唐诗别裁集》卷五）。

1　逐水：追逐溪水。

2　古津：古渡口。

3　坐：因。红树：指桃林。

4　值：遇到。忽值人：一作“不见人”。

5　隈（wēi）隩（yù）：山水弯曲幽深处。

6　旋：忽然。平陆：平地。

7　攒（cuán）：聚集。王文濡释此二句云：“唯一处故曰‘攒’，又是遥看；唯千家故曰‘散’，又是近入，用字俱经千锤百炼，且确是渔人初入桃源，由远而近，一路所见之景，可以入画。”（《唐诗评注读本》卷二）

8　樵客：打柴的人。

9　武陵源：即桃花源，相传在今湖南桃源县境，晋时属武陵郡。

10　物外：世外。

11 栊(lóng):窗户。

12 云中鸡犬喧:王充《论衡·道虚篇》载:淮南王得道,“举家升天,畜产皆仙,犬吠于天上,鸡鸣于云中”。此借用。

13 俗客:指武陵渔人,因从尘世间来,故称。

14 竞引还家:争着将渔人请回家中。都邑:指居人原来家乡。

15 平明:天刚亮。闾巷:街巷。

16 渔樵:打鱼砍柴。

17 初:当初。避地:避乱。去人间:离开尘世。更问神仙:一作“及至成仙”。

18 有人事:有人在生活着。

19 空云山:只有云和山。

20 灵境:仙境。

21 思乡县:思家乡。

22 无论:不论,不管。

23 终拟:总想。游衍:尽情游乐。

24 桃花水:春天桃花盛开时,冰雪融化,雨多水涨,故称桃花水。

李　白

蜀道难

噫吁嚱[1]，危乎高哉！蜀道之难难于上青天！
蚕丛及鱼凫[2]，开国何茫然[3]。
尔来四万八千岁[4]，不与秦塞通人烟[5]。
西当太白有鸟道[6]，可以横绝峨眉巅[7]。
地崩山摧壮士死，然后天梯石栈方钩连[8]。
上有六龙回日之高标[9]，
下有冲波逆折之回川[10]。
黄鹤之飞尚不得过，猿猱欲度愁攀缘[11]。
青泥何盘盘[12]，百步九折萦岩峦[13]。
扪参历井仰胁息[14]，以手抚膺坐长叹[15]。
问君西游何时还？畏途巉岩不可攀[16]。
但见悲鸟号古木，雄飞雌从绕林间。
又闻子规啼夜月[17]，愁空山。
蜀道之难难于上青天！使人听此凋朱颜[18]。
连峰去天不盈尺，枯松倒挂倚绝壁。
飞湍瀑流争喧豗，砯崖转石万壑雷[19]。
其险也若此，嗟尔远道之人胡为乎来哉？
剑阁峥嵘而崔嵬[20]，一夫当关，万夫莫开。

所守或匪亲，化为狼与豺[21]。
朝避猛虎，夕避长蛇。
磨牙吮血[22]，杀人如麻。
锦城虽云乐[23]，不如早还家。
蜀道之难难于上青天！侧身西望长咨嗟[24]。

——

《蜀道难》为李白最著名诗篇之一。它以“蜀道之难难于上青天”为主线贯串全诗，以散文笔法极写蜀道之艰难险阻，造语奇丽，想象奇瑰，豪纵恣肆，气势雄伟，一唱三叹，一泻千里，一气呵成，真可谓是“笔落惊风雨，诗成泣鬼神”（杜甫《寄李十二白二十韵》）。故时人殷璠赞曰：“其为文章，率皆纵逸。至如《蜀道难》等篇，可谓奇之又奇。然自骚人以还，鲜有此体调也。”（《河岳英灵集》）可是，对于这首奇绝之作的主旨，历来却是诸说纷纭，几如聚讼。詹锳在《李白诗文系年》中归纳为四说：一、罪严武，二、讽章仇兼琼；三、讽玄宗幸蜀；四、即事成篇，别无寓意。新中国建立以来，意见亦颇分歧，归纳起来，亦有四说：一、寄托对仕途坎坷的感慨；二、对时弊的无情揭露和辛辣讽刺；三、作意是送友人入蜀；四、主旨是极写雄峻险奇的蜀中山川之美。见仁见智，遽难定论。但联系阴铿《蜀道难》所云：“蜀道难如此，功名讵可要？”中唐姚合《送李余及第归蜀》诗：“李白《蜀道难》，羞为无成归。子今称意行，所历安觉危？”笔者倒认为安旗下列意见似为近是：“本篇则纯用比兴，借蜀道之巉岩畏途以喻仕途之坎坷，借旅人之蹇步愁思以喻失志之幽愤。”（《李白全集编年注释》）

1　噫（yī）吁（xū）嚱（xī）：惊叹词。

2　蚕丛、鱼凫：传说中古蜀国的两个先王。扬雄《蜀王本纪》：“蜀王之先，名蚕丛、柏濩、鱼凫、蒲泽、开明。……从开明上到蚕丛，积三万四千岁。”

3　茫然：指年代久远，难以详悉。

4　尔来：从那时以来。四万八千岁：极言年代悠久。

5　秦塞：指秦地。秦、蜀为邻国，战国时秦惠文王灭蜀，置蜀郡，秦蜀始交通往来。

6　太白：山名，为终南山主峰，在今陕西眉县东南。鸟道：谓山峦险峻，人迹难至，只有飞鸟才能通过，极言山路之险。

7　横绝：跨越。峨眉：山名，在今四川峨眉山市西南。

8　“地崩”二句：写古蜀道之开辟。《艺文类聚》卷九十四引《蜀王本纪》：“秦惠王欲伐蜀，乃刻五石牛，置金其后，蜀人见之，以为牛能大便金。……蜀王以为然，即发卒千人，使五丁力士，拖牛成道，致三枚于成都。秦得道通，石牛力也。后遣丞相张仪等，随石牛道伐蜀。”又卷九十六引《蜀王本纪》：“秦惠王欲伐蜀。蜀王好色,乃献美女五人于蜀王。蜀王爱之,遣五丁迎女。还至梓潼,见一大蛇入山穴中。一丁引其尾,不出,五丁共引蛇,山乃崩,压五丁。”山即今四川江油东北近剑阁界的五华山,或称五子山。壮士,即指五丁。天梯,指崎岖陡峭的山路。石栈,即山中栈道。

9　六龙:传说太阳神乘坐六条龙拉的车子在天空中旅行,而今碰到蜀道上的高山,亦不能不为之回驾。高标:即指蜀山之最高而为一方之标识者。

10　逆折:曲折回旋。

11　猱(náo):猿类,极善攀援。

12　青泥:岭名,在今甘肃徽县南。盘盘:山路曲折盘旋。

13　萦:盘绕。

14　扪参(shēn)历井:参、井为二星宿名,参为蜀之分野,井为秦之分野,青泥岭为自秦入蜀之要道,过此仰视天星,去人不远,若可以手扪及之,极言其高而险也。胁息:屏气不敢呼吸。

15　膺:胸。

16　“问君”二句:乃旅人扪心自问之词。巉岩,险峻的山岩。

17　子规:即杜鹃,又名杜宇,蜀中最多,夜啼甚哀。

18　凋:衰谢。朱颜:青春容颜。

19　湍:急流。瀑流:瀑布。喧豗(huī):喧闹声。砯(pīng):

水击岩石声。二句即作者《剑阁赋》所云："旁则飞湍走壑，洒石喷阁，汹涌而惊雷。"

20　剑阁：在今四川剑阁县北大小剑山之间，又名剑门关。峥嵘：高峻貌。崔嵬：高而不平貌。

21　"一夫"四句：《剑阁铭》："一人荷戟，万夫趦趄。形胜之地，匪亲勿居。"匪，通"非"。

22　吮（shǔn）：吸。

23　锦城：即锦官城，成都的别称。

24　咨嗟：叹息。

长相思（二首）

长相思，在长安[1]。
络纬秋啼金井阑[2]，微霜凄凄簟色寒[3]。
孤灯不明思欲绝[4]，卷帷望月空长叹[5]。
美人如花隔云端[6]，上有青冥之长天[7]，
下有绿水之波澜[8]。
天长地远魂飞苦，梦魂不到关山难[9]。
长相思，摧心肝[10]。

诗写秋日相思之苦，俊逸洒脱，词清意婉，含蓄蕴藉，而不衰飒。程千帆曰："这篇诗写离别之悲、相思之苦，而景象开阔，风格俊逸，抒儿女之情，具豪迈之气，在爱情诗中别开生面。有人认为它实质上是写对理想的追求及理想不能实现的苦闷和悲哀心情，不为无见。"（《古诗今选》）

1 在长安：指所思之人时在长安。

2 络纬：昆虫名，又名莎鸡，俗称络丝娘、纺织娘。金井阑：雕饰华美的井栏。

3 簟：竹席。

4 思欲绝：思念到了极点。

5　卷帷：卷起窗帘。

6　美人：指所思之人。

7　青冥：高远的天色。

8　绿：一作“渌”。

9　关山难：关山险阻。

10　摧心肝：伤心欲绝。

日色欲尽花含烟[1]，月明欲素愁不眠[2]。
赵瑟初停凤凰柱[3]，蜀琴欲奏鸳鸯弦[4]。
此曲有意无人传，愿随春风寄燕然[5]。
忆君迢迢隔青天[6]，昔时横波目[7]，
今作流泪泉[8]。
不信妾肠断，归来看取明镜前[9]。

此诗写闺妇春夜对远戍丈夫的刻骨思念，凄清怨苦，感人至深。“赵瑟”二句，以音乐写相思，凤凰雌雄和鸣，鸳鸯雌雄同栖，虽巧妙而未免俗，总见模拟痕迹。宋长白《柳亭诗话》云：“李白尝作《长相思》乐府一章，末云：‘不信妾肠断，归来看取明镜前。’其妇从旁观之曰：‘君不闻武后诗乎！“不信比来常下泪，开箱验取石榴裙。”’太白爽然自失，此即所谓相门女也。”此说虽不足信，可资谈助。但诗为太白早年所

作,未臻极致,大致不差。

---

1 花含烟:指暮霭中花色朦胧状。

2 欲:一作“如”,较胜。素:形容月光皎洁。

3 瑟:弦乐器。相传赵人善鼓瑟,故曰“赵瑟”。凤凰柱:刻瑟柱作凤凰形。

4 蜀琴:琴材以蜀地为贵,故云。

5 燕然:山名,即杭爱山,在今蒙古人民共和国境内。

6 迢迢:遥远貌。

7 横波目:顾盼含情的眼神。

8 流泪泉:犹言泪如泉涌。

9 取:语助词。

行路难

金樽清酒斗十千[1]，玉盘珍羞直万钱[2]。
停杯投箸不能食[3]，拔剑四顾心茫然。
欲渡黄河冰塞川，将登太行雪满山[4]。
闲来垂钓坐溪上，忽复乘舟梦日边[5]。
行路难！行路难！多歧路[6]，今安在？
长风破浪会有时[7]，直挂云帆济沧海[8]。

李白应诏赴京，供奉翰林，总以为可以在政治上大显身手，做出一番轰轰烈烈的大事业了。但想不到唐玄宗并不真正重用他，结果遭谗被放，赐金还山，碰得头破血流。他的悲愤心情是可以想见的。这首诗纯用比兴，真实而形象地揭示了李白济世与归隐的思想矛盾。济世不能，冰塞雪满，行路艰难之极。弃世不忍，梦回日边之志尚存。但残酷的现实还是迫使诗人决然弃世远遁，乘长风而济沧海寻仙去了。

1　清酒：酒分清、浊，清酒即美酒。斗十千：一斗酒值十千钱，即万钱，极言美酒价贵。

2　珍羞：美味佳肴。直：通“值”。二句极言饮食之华侈。

3　投箸：放下筷子。

4 太行：山名，绵延山西、河南、河北三省交界处。二句本鲍照《舞鹤赋》："冰塞长河，雪满群山。"

5 "闲来"二句：用吕尚（姜太公）、伊尹事，谓且归隐以待时，仍有辅弼济世之志。坐，一作"碧"。

6 歧路：岔路。

7 长风破浪：典出《宋书·宗悫传》："悫年少时，（叔父）炳问其志，悫曰：'愿乘长风破万里浪。'"会：当。

8 济：渡。沧海：大海。

将进酒

君不见黄河之水天上来，奔流到海不复回；
君不见高堂明镜悲白发，朝如青丝暮成雪[1]。
人生得意须尽欢，莫使金樽空对月[2]。
天生我材必有用[3]，千金散尽还复来[4]。
烹羊宰牛且为乐，会须一饮三百杯[5]。
岑夫子，丹丘生[6]，将进酒，杯莫停。
与君歌一曲[7]，请君为我倾耳听。
钟鼓馔玉何足贵[8]，但愿长醉不愿醒。
古来圣贤皆寂寞，唯有饮者留其名。
陈王昔时宴平乐，斗酒十千恣欢谑[9]。
主人何为言少钱，径须沽取对君酌[10]。
五花马[11]，千金裘[12]，呼儿将出换美酒[13]，
与尔同销万古愁。

李白一生与酒结下了不解之缘，他的豪饮赢得了“酒中仙”的美誉。酒是一种强烈的催化剂，使李白这位超级天才借着酒的无穷威力，驰骋其敏捷的才思，挥洒下惊天地、泣鬼神的诗篇，所谓“李白一斗诗百篇”（杜甫《饮中八仙歌》），“敏捷诗千首，飘零酒一杯”（杜甫《不见》），是也。李白又是

一个胸怀大志的人，他的政治理想是为君辅弼，“使寰区大定，海县清一”（《代寿山答孟少府移文书》）。但他的应诏长安，最后却遭到了失败，实际上是被玄宗逐出长安。这是李白在政治上遭受的沉重打击，他的心底郁积着巨大的悲哀和忧愤。这种深哀巨痛一旦与酒相化合，即迸发出撼人心魄的力量。李白又是一位生命意识极强的人，这位敏感的天才，有着一种“时不我待”的焦灼感，“朝如青丝暮成雪”，青春易逝，人生易老。人生适意须纵酒，更使他沉醉于酒。酒与愁结合，以酒浇愁，“与尔同销万古愁”，但酒入愁肠，“举杯销愁愁更愁”。“世人皆欲杀”（杜甫《不见》）的残酷现实，“大道如青天，我独不得出”（《行路难三首》其二）的孤独与激愤，使李白在对友畅饮、酒酣耳热之际，不禁将一腔怨愤喷薄而出。“会须一饮三百杯”，“但愿长醉不愿醒”，他要在沉醉中忘却现实，求得解脱，获得自我。其实，李白何尝醉也，他清醒得很。“古来圣贤皆寂寞，唯有饮者留其名”，这是他在一窥朝廷权贵“珠玉买歌笑，糟糠养贤才”（《古风》十五）的内幕之后悟出的人生体验。这不尽是消极和悲观，“天生我材必有用，千金散尽还复来”，这里有的是自信，有的是豪情。“钟鼓馔玉何足贵”，与稍后《梦游天姥吟留别》所说的“安能摧眉折腰事权贵，使我不得开心颜”一样，更有的是傲岸和倔强。李白有的是清白和执着，所以他在逆境和挫折面前，从不作小儿女态，不抽泣，不低吟，更不乞怜；他敢哭、敢笑、敢怒、敢骂，大喊大叫，狂放不羁，豪荡感激，痛快淋漓。他的“与尔同销万古愁”，除了使我们感到沉痛外，更震撼我们心灵的，恐怕还是犹如“黄河之水天上来”一般的不可遏止的激情和悲愤。

1　青丝：指黑发。

2　金樽：指酒杯。

3　“天生”句：一作“天生我身必有财”，一作“天生吾徒有俊材”。

4　千金散尽：李白《上安州裴长史书》：“曩昔东游维扬，不逾一年，散金三十余万，有落魄公子，悉皆济之。”可见实录，非尽夸张。

5　会须：定要，定当。一饮三百杯：《世说新语·文学》注引《郑玄别传》云：袁绍为郑玄饯行，送行的有三百余人，轮流敬酒，“自旦及暮，度玄饮三百余杯，而温克之容终日无怠”。

6　岑夫子：指岑勋，南阳人。丹丘生：即元丹丘，道士，隐居颍阳。二人皆李白好友。

7　“与君”句：鲍照《代明月行》：“为君歌一曲。”

8　钟鼓馔玉：泛指权贵豪门的奢华生活。一作“钟鼎玉帛”。朱金城曰：“钟鼓馔玉不成对文，古无此文法，观各本作钟鼎玉帛者多，知唐人写本不误，若下文为馔玉，则上文当为鼓钟，非钟鼓。”“疑当作‘鼓钟馔玉’,即钟鸣鼎食之意”(《李白集校注》卷三)。

9 陈王:曹植曾封陈王。其《名都篇》云:“归来宴平乐,美酒斗十千。”平乐:观名,故址在今河南洛阳。恣欢谑(xuè):尽情寻欢作乐。

10 径须:直须,只管。沽:买。

11 五花马:毛色作五花纹的良马,一说为马鬣剪成五瓣的马。

12 千金裘:价值千金的皮衣。

13 将出:拿出。

杜　甫

兵车行

车辚辚[1]，马萧萧[2]，行人弓箭各在腰[3]。
耶娘妻子走相送[4]，尘埃不见咸阳桥[5]。
牵衣顿足拦道哭，哭声直上干云霄[6]。
道旁过者问行人[7]，行人但云点行频[8]。
或从十五北防河，便至四十西营田[9]。
去时里正与裹头[10]，归来头白还戍边。
边庭流血成海水[11]，武皇开边意未已[12]。
君不闻汉家山东二百州[13]，
千村万落生荆杞[14]。
纵有健妇把锄犁，禾生陇亩无东西。
况复秦兵耐苦战[15]，被驱不异犬与鸡。
长者虽有问[16]，役夫敢申恨[17]？
且如今年冬，未休关西卒[18]。
县官急索租[19]，租税从何出？
信知生男恶，反是生女好[20]。
生女犹得嫁比邻[21]，生男埋没随百草。
君不见青海头，古来白骨无人收[22]。
新鬼烦冤旧鬼哭，天阴雨湿声啾啾[23]。

这是杜甫最著名的诗篇之一。以目击者的身份,纯用客观叙述的表现手法,设为问答之辞,真实而深刻地揭露了唐玄宗穷兵黩武给人民带来的深重苦难。全诗摹写真切,句法错综,抑扬顿挫,惊心动魄,悲愤之情溢于言表,读来催人泪下。《唐宋诗醇》卷九评此诗曰:"此体创自老杜,讽刺时事,而设为征夫问答之词。言之者无罪,闻之者足以为戒,《小雅》遗音也。篇首写得行色匆匆,笔势汹涌如风潮骤至,不可逼视。以下接出点行之频,指出开边之非,然后正说时事,末以惨语结之。词意沉郁,音节悲壮,此天地商声,不可强为者也。"

1 辚(lín)辚:众车声。

2 萧萧:马长嘶声。

3 行人:出征之人,唐人诗中亦称"征人",即后所云"役夫"。

4 耶:通"爷"。

5 咸阳桥:在咸阳西南渭水上,汉时名便桥。

6 干:冲犯。此句犹言哭声震天。

7 过者:过路人,实即杜甫自己。

8 点行:即按丁籍强制征调。频:频繁,即指下"防河""营田"等事。"但云"以下,皆行人答语。借问答,就行人口中说出苦情,甚真甚脱。

9 十五、四十:皆指年龄言。防河:是时吐蕃侵扰河右,曾征召陇右、河西、关中、朔方诸军防秋，故云“防河”。营田：屯田。无事则耕，有事则战，寓兵于农。

10　里正：唐以百户为里，每里设里正一人，负责里中事务。裹头：古以皂罗三尺裹头曰头巾。因年小从军，故里正为之裹头。

11　边庭：边疆，边境。

12　武皇：本指汉武帝，武帝喜开边，唐玄宗亦好开边，犹似武帝，当时不便直斥，故比之武帝，唐人多如此。意未已：意犹未尽，指一味穷兵黩武。

13　山东：指崤山或华山以东，亦称关东，因在函谷关以东。二百州：曰二百，实已尽天下矣。

14　落：人聚居之地。荆杞：因连年战争，兵乱地荒，遂尽生荆棘枸杞。

15　秦兵：即关中之兵。耐苦战：即能苦战。

16　长者：行人对杜甫之尊称。

17　敢申恨：不敢申说怨恨，即所谓“敢怒而不敢言”。敢，岂敢。

18　关西：指函谷关以西。诗前言“山东”，后言“关西”，表明无处不用兵也。

19　县官：指朝廷，亦专指皇帝。

20　信知：诚知。《水经注·河水》引杨泉《物理论》：“秦始皇使蒙恬筑长城，死者相属。民歌曰：生男慎勿举，生女哺用铺。不见长城下，尸骸相支拄。”二句本此。

21 比邻：犹近邻。邻为当时基层组织单位之一。

22 青海：古名鲜水、西海，北魏时始名青海，在今青海省境内。唐高宗龙朔三年，青海为吐蕃所并。玄宗开元中，王君㚟、张景顺、张忠亮、崔希逸、皇甫惟明、王忠嗣等先后破吐蕃，皆在青海西，死者甚众。天宝间，哥舒翰攻吐蕃石堡城，拔之，唐士卒死者数万，故下云“新鬼”“旧鬼”。白骨无人收：语出梁鼓角横吹曲《企喻歌》：“尸丧狭谷中，白骨无人收。”

23 啾啾：即唧唧，呜咽声。

丽人行

三月三日天气新[1]，长安水边多丽人[2]。
态浓意远淑且真[3]，肌理细腻骨肉匀[4]。
绣罗衣裳照暮春，蹙金孔雀银麒麟[5]。
头上何所有？翠微㔩叶垂鬓唇[6]。
背后何所见？珠压腰衱稳称身[7]。
就中云幕椒房亲[8]，赐名大国虢与秦[9]。
紫驼之峰出翠釜[10]，水精之盘行素鳞[11]。
犀箸厌饫久未下[12]，鸾刀缕切空纷纶[13]。
黄门飞鞚不动尘[14]，御厨络绎送八珍[15]。
箫鼓哀吟感鬼神[16]，宾从杂遝实要津[17]。
后来鞍马何逡巡，当轩下马入锦茵[18]。
杨花雪落覆白苹[19]，青鸟飞去衔红巾[20]。
炙手可热势绝伦[21]，慎莫近前丞相嗔[22]。

杜甫巧借曲江游春这一特定事件，先用铺张扬厉的手法描绘了长安丽人的丰姿靓态，然后“就中云幕椒房亲”笔锋一转，着力描写杨氏姊妹的穷奢极欲、嚣张气焰，与前所写“丽人”相比，她们特有的并不是外表的美丽，而是恃宠骄纵，贪婪地追求口腹之欲和声色之娱，实际不过是行尸走肉而已。

“后来鞍马”一句，又把镜头对准杨国忠一人，用比兴含蓄的手法揭露他的丑行，更是禽兽不如。最后“慎莫近前丞相嗔”一句，直指丞相，真有画龙点睛之妙。通篇皆似铺张作赞，却句句是贬，作者的讽刺艺术是很高明的。

---

1 三月三日：即上巳节。唐人非常重视这个节日，长安士女多于这天游赏曲江，鲜车健马，比肩击毂，祓禊宴乐，盛况空前。

2 水边：即指曲江，在长安东南。

3 态浓意远：姿态浓艳，神情高远。淑且真：贤淑纯真，毫不做作。

4 肌理细腻：肌肤腠理，细嫩丰润。骨肉匀：体态匀称，胖瘦相宜。

5 绣罗：刺绣的丝织品。蹙(cù)金：一种刺绣工艺，指用金丝银线刺绣成皱纹状的织物。孔雀、麒麟：为衣裳上所绣物色。二句谓丽人身着绣有孔雀和麒麟图案的华丽衣服，与暮春旖旎的风光交映生辉。

6 翠微：轻薄的翡翠。微，一作“为”。㔩(è)叶：妇女发髻上的花饰。鬓唇：鬓边。

7 腰衱(jié)：裙带。这句是说裙带上缀以珠饰，压而下垂，十分合体。

8 就中：其中。云幕：谓帐幕之多犹如重重云雾。椒房：汉代皇后所居之室，以椒和泥涂壁，故称“椒房”，后世遂称后妃为椒房，称后妃亲属为椒房亲。此指杨贵妃姊妹。

9　赐名：指玄宗天宝七载封赐杨贵妃三姊为国夫人事。《旧唐书·后妃列传上·杨贵妃传》：“有姊三人，皆有才貌，玄宗并封国夫人之号：长曰大姨，封韩国；三姨，封虢国；八姨，封秦国。并承恩泽，出入宫掖，势倾天下。”

10　紫驼之峰：即驼峰，是骆驼脊背上隆起的肉。唐代贵族名食中有驼峰炙。翠釜：以翠玉为饰的锅。

11　水精：即水晶。行：按次序传送。素鳞：指鱼。

12　犀箸：用犀牛角做成的筷子。厌饫(yù)：饱食生腻。久未下：是说面对精美的食品因为吃腻了，没有胃口，反觉无以下箸。

13　鸾刀：刀环系有小铃的刀。缕切：细切，谓切脍如丝缕之细。空纷纶：是说因为贵妇们什么都吃腻了，不动筷子，害得厨师们空忙乱一阵。

14　黄门：即宦官。飞鞚：谓驰马如飞。鞚，马勒。不动尘：形容驰马轻快，亦喻骑术高超，虽骑马飞驰却尘土不扬。

15　御厨：皇帝用的厨房。八珍：原指八种烹饪方法，后用以泛指珍贵的食品。

16　箫鼓：两种乐器名。哀吟：指音乐婉转动人，故下云“感鬼神”，极力形容歌舞之盛，演奏之妙。

17　宾从：宾客随从。杂遝（tà）：杂乱众多貌。实要津：语意双关，实写杨氏姊妹游春队伍塞满了道路，暗喻杨氏兄妹占据了各种重要职位。

18　后来鞍马：指杨国忠。逡（qūn）巡：徐行貌。轩：车的通称。锦茵：锦制的地毯。

19　“杨花”句：为隐语，妙在结合眼前景物以刺杨国忠与从妹虢国夫人的淫乱丑行。古人认为苹为萍之大者，又有“杨花入水化为浮萍”之说。杨花，即柳花，又谐应杨姓。据此，则杨花、萍、苹虽为三物，实出一体，故以杨花覆苹影射杨氏兄妹的暧昧关系。唐章碣《曲江》诗有“落絮却笼他树白”之句，可见当时曲江杨柳甚盛，故有“杨花雪落”之景。

20　青鸟：传说为西王母使者。红巾：妇人所用红手帕，比喻男女传情之物。“衔”字用得微妙。

21　炙手可热：气焰灼人。势绝伦：权势无人可与伦比。

22　慎莫：千万不要。丞相：指杨国忠。嗔：恼怒。

哀江头

少陵野老吞声哭[1]，春日潜行曲江曲[2]。
江头宫殿锁千门[3]，细柳新蒲为谁绿[4]？
忆昔霓旌下南苑[5]，苑中万物生颜色[6]。
昭阳殿里第一人[7]，同辇随君侍君侧[8]。
辇前才人带弓箭[9]，白马嚼啮黄金勒[10]。
翻身向天仰射云，一箭正坠双飞翼[11]。
明眸皓齿今何在？血污游魂归不得[12]。
清渭东流剑阁深[13]，去住彼此无消息[14]。
人生有情泪沾臆[15]，江水江花岂终极[16]！
黄昏胡骑尘满城[17]，欲往城南望城北[18]。

此诗写春日潜行曲江而感玄宗与杨妃生离死别事，词婉而雅，意深而微，讽而含情，极尽开阖变化之妙。哀江头，哀杨妃也，哀玄宗也，哀国破之痛也，可谓白居易《长恨歌》之滥觞。黄生曰："此诗半露半含，若悲若讽。天宝之乱，实杨氏为祸阶。杜公身事明皇，既不可直陈，又不敢曲讳，如此用笔，浅深极为合宜。善述事者，但举一事，而众端可以包括，使人自得其于言外。若纤悉备记，文愈繁而味愈短矣。《长恨歌》今古脍炙，而《哀江头》无称焉。雅言之不谐俗耳如此。”(《杜诗说》卷三)黄氏评《哀江头》甚确,但褒杜贬白,视《长恨歌》为文繁味短,则未为公允。前人多有将《哀江头》与《长恨歌》相轩轾者,甚至极斥“《长恨歌》在乐天诗中为最下”(张戒《岁寒堂诗话》卷上),完全是出于偏见。《唐宋诗醇》卷九曰:“白氏《长恨歌》乃因《长恨传》而追叙其事,委曲凄断,自成一家,正不得沾沾比勘也。”此论极是。诗人各有独到之处,正不必强出一途、强求一律,更不宜妄加轩轾也。

1　少陵:为汉宣帝许皇后陵墓,在宣帝杜陵东南,杜甫曾住家于此,故自称少陵野老。吞声哭:犹饮泣。吞声,不敢出声。

2　潜行:秘密行走。曲江曲:曲江深曲隐僻之处。

3　江头宫殿:指曲江边紫云楼、芙蓉苑、杏园、慈恩寺等建筑物,今无人居住,一片荒凉,故曰“锁千门”。

4　细柳新蒲:据康骈《剧谈录》卷下载,曲江“花卉环周,烟水明媚”,“入夏则菰蒲葱翠,柳阴四合,碧波红蕖,湛然可爱”。今国破无主,无人欣赏,故曰“为谁绿”,三字沉痛。

5　霓旌:云霓般的彩色旗帜,指天子仪仗。南苑:指芙蓉苑,在曲江之南。

6　生颜色:谓皇帝游幸,万物增辉。

7　昭阳殿:汉宫殿名。汉成帝皇后赵飞燕居昭阳殿,甚得宠幸，杜诗以赵飞燕比杨贵妃。

8　同辇随君：此暗用班婕妤事以讽玄宗和贵妃。辇，皇帝乘坐的车子。

9　才人：宫中女官名。

10　黄金勒：以黄金为饰的马嚼口。

11　仰射云：仰射空中飞鸟。一箭：一作“一笑”，较胜。一笑，指杨贵妃因才人射中飞鸟而为之一笑。正坠双飞翼：已暗含玄宗、贵妃马嵬死别事。

12　明眸皓齿：指杨贵妃。归不得：一是贵妃已死，二是长安沦陷，故云。

13　清渭东流：指贵妃藁葬渭滨。马嵬南滨渭水，由西向东流向长安。

14　去住彼此：指玄宗、贵妃。去指玄宗幸蜀西去，住指贵妃死葬渭滨。彼去此住，生死相隔，故曰“无消息”。此句即白居易《长恨歌》所云“一别音容两渺茫”意。

15　臆：胸膛。

16　水：一作“草”。岂终极：是指水自流，花自开，无知无情，年年依旧，永无尽期。终极，犹穷尽。岂终极，与上句“人生有情”相对，又与前“为谁绿”相照应。

17　胡骑：指安禄山叛军。

18　欲往：犹将往。城南：原注：“甫家居城南。”时已黄昏，应回住处,故欲往城南。望城北者,是望官军之北来收复长安。时肃宗在灵武,地处长安之北。望城北:一作“忘城北”,一作“忘南北”。

哀王孙

长安城头头白乌[1]，夜飞延秋门上呼[2]。
又向人家啄大屋[3]，屋底达官走避胡[4]。
金鞭断折九马死，骨肉不待同驰驱[5]。
腰下宝玦青珊瑚[6]，可怜王孙泣路隅[7]。
问之不肯道姓名，但道困苦乞为奴[8]。
已经百日窜荆棘[9]，身上无有完肌肤[10]。
高帝子孙尽隆准[11]，龙种自与常人殊[12]。
豺狼在邑龙在野[13]，王孙善保千金躯[14]。
不敢长语临交衢[15]，且为王孙立斯须[16]：
昨夜东风吹血腥，东来橐驼满旧都[17]。
朔方健儿好身手，昔何勇锐今何愚[18]。
窃闻天子已传位[19]，圣德北服南单于[20]。
花门剺面请雪耻[21]，慎勿出口他人狙[22]。
哀哉王孙慎勿疏[23]，五陵佳气无时无[24]。

安史叛军攻破长安，大肆杀戮李唐宗室，在那个特定的历史时期，王孙们的悲惨遭遇是值得同情的。诗人亦陷贼中，感同身受，故对王孙的处境体贴入微，再三叮嘱其“善保千金躯”“慎勿出口”“慎勿疏”，并以唐室中兴有望，劝勉处于绝境的王孙不要丧失信心。而对玄宗的仓卒逃蜀，弃王孙于不顾，哥舒翰的军败降贼，则给予了委婉而辛辣的讽刺。所以身历南宋亡国之痛的刘辰翁评曰："忠臣之盛心，仓卒之隐语，备尽情态。"（《集千家注批点杜工部诗集》卷三）身经明亡之惨的王嗣奭亦曰："忠义肝肠，抒以心血，至今未干，必非取办于笔舌者。……通篇哀痛顾惜，潦倒淋漓，似乱而整，断而复续，无一懈语，无一死字，真下笔有神。"（《杜臆》卷二）

---

1 头白乌：即白头乌，俗传为不祥之鸟。

2 延秋门：唐长安禁苑西面二门，南曰延秋门。玄宗幸蜀，自延秋门出，由便桥渡渭水，自咸阳经马嵬而西。

3 大屋：达官所居。

4 屋底：犹屋里。走：逃走。胡：指安史叛军。

5 金鞭：天子所用。九马：天子御用之马。骨肉：指未及随玄宗幸蜀的宗室子孙。待：一作"得"。二句极写玄宗急于出奔，丢弃王孙而去。

6 宝玦（jié）：环形有缺口的佩玉。

7 路隅：路边墙角，不易被人注意处。

8 乞为奴：乞求做人奴仆。

9 百日：犹言多日，不必实指。

10 "身上"句：犹言体无完肤。

11　高帝：指汉高祖刘邦，此言王孙有着皇族的特征。

12　龙种：皇帝后裔，即王孙。

13　豺狼：指安禄山。龙：指玄宗。

14　善保：好好保重。千金躯：犹言贵体。

15　长语：长时间交谈。交衢：四通八达的交通要道。

16　斯须：须臾，极言时间之短，与上“长语”相对。

17　橐（tuó）驼：即骆驼。安禄山陷两京，常以骆驼运御府珍宝至范阳。范阳在长安以东，故云“东来橐驼”。旧都：指长安。

18　朔方健儿：指哥舒翰军。禄山反，玄宗命哥舒翰为太子先锋兵马元帅，领河、陇、朔方、奴剌等十二部兵二十万守潼关，一日为贼所败，翰亦被执而降贼。昔翰率军御吐蕃，号称天下精兵，今却一败涂地，全军覆没，故曰“昔何勇锐今何愚”。

19　窃闻：私下听说，因陷贼得不到确切消息，得之传闻，故云。天子已传位：指玄宗已传位给肃宗。

20　圣德：天子威德。南单（chán）于（yú）：本指汉时南匈奴，此指西北各少数民族。据《旧唐书·肃宗本纪》载：马嵬兵变，贵妃赐死后，玄宗留太子率众讨贼，收复长安，并谕示曰：“西戎北狄，吾尝厚之，今国步艰难，必得其用。”八月，回纥、吐蕃遣使请和亲，愿助讨贼。

21　花门：回纥的代称。剺（lí）面：以刀割面。古代匈奴、回纥等民族的风俗，凡遇大忧大丧，则割面流血以示忠诚哀痛。安史叛唐，攻陷京都，为国之大耻，故回纥剺面以请雪耻。

22　狙（jū）：窥伺。

23　疏：疏忽大意。

24　五陵：指玄宗以前唐五代皇帝的陵墓，即高祖献陵、太宗昭陵、高宗乾陵、中宗定陵、睿宗桥陵，皆在长安近畿。佳气：言有兴隆之象。无时无：犹时时有。句谓天不灭唐，有祖宗神灵保佑，随时都有中兴的希望。

卷五

五言律诗

唐玄宗

经鲁祭孔子而叹之

夫子何为者[1]？栖栖一代中[2]。
地犹鄹氏邑[3]，宅即鲁王宫[4]。
叹凤嗟身否[5]，伤麟怨道穷[6]。
今看两楹奠，当与梦时同[7]。

在唐代，儒、释、道三教并行。但从总体看，唐初经过中外、南北文化的融合，到玄宗时代，一种以儒家为主体，辅之以佛、道的思想文化格局已正式确定下来。玄宗是崇儒的。开元十年，亲注《孝经》，颁行天下。十三年，借封禅泰山之机，亲临孔子故里，以太牢祭孔，又写此诗频致追悼崇慕之意。二十七年，更追谥孔子为文宣王，下诏曰："宏我王化，在乎师儒。能发明此道，启迪含灵，则生民以来，未有如夫子者也。"在这首诗中，玄宗着重强调的是孔子生前栖遑不遇的遭际和今日身受隆重祭奠的尊崇，视自己为孔子知音，隐然以明王自居。正如张九龄在《奉和圣制经孔子旧宅》诗中所云："徒有先王法，今为明主思。恩加万乘幸，礼致一牢祠。"所以沈德潜评曰："孔子之道，从何处赞叹？故只就不遇立言，此即运意高处。"（《唐诗别裁集》卷九）但诗未臻化境，尚有可议处。纪昀曰："孔子更何赞？只以喟叹取神，最妙。五、六，嗟、叹、伤、怨用字重复，虽初体常有之，然不可为训。"（《瀛奎律髓刊误》卷二十八）

1　夫子：对孔子的尊称。

2　栖（xī）栖：忙碌貌。一代：一世。唐人避太宗李世民讳，称"世"为"代"。犹一生。指孔子周游列国，一生奔波。

3　鄹（zōu）：春秋鲁国地名，在今山东曲阜市息陬乡东南一带，孔子之父叔梁纥曾任鄹邑大夫，孔子即生于此。

4　鲁王：汉景帝子刘馀封鲁王，谥曰"恭"。好治宫室，尝坏孔子旧宅，以广其宫，于壁中得古文经传。

5　叹凤：《论语·子罕》："子曰：'凤鸟不至，河不出图，吾已矣夫！'"凤鸟至，河出图，都是祥瑞的象征，表示圣人受命，天下太平。吾已矣夫，伤不得见也。嗟：叹息。否（pǐ）：闭塞不通。句谓孔子自叹生不逢时。

6　伤麟：《公羊传·哀公十四年》载：麒麟为仁兽，有王者则至，无王者则不至。哀公十四年春，西狩获麟，有人告孔子，“孔子曰：‘孰为来哉！孰为来哉！’反袂拭面，涕沾袍”。《史记·孔子世家》：“及西狩见麟，(孔子)曰：‘吾道穷矣！’”后遂以伤麟(泣麟)借喻世衰道穷。

7　两楹奠：典出《礼记·檀弓上》，孔子语子贡曰：“予畴昔之夜，梦坐奠于两楹之间。夫明王不兴，而天下其孰能宗予？余殆将死也。”寝疾七日而没。楹，廊柱。奠，致祭。两楹奠，为殷人祭祀的隆重礼节。孔子自知生不见用，而死后垂名。今玄宗亲临致祭，以示尊崇之礼，孔子的梦想变为现实，故曰“当与梦时同”。

张九龄

望月怀远

海上生明月，天涯共此时[1]。
情人怨遥夜[2]，竟夕起相思[3]。
灭烛怜光满[4]，披衣觉露滋[5]。
不堪盈手赠[6]，还寝梦佳期[7]。

此诗所怀之人，是恋人、友人，还是故乡的亲人，抑或有所寄托，说法不一，难以遽定。“海上”，即指洞庭湖；“天涯”，当指长安。看他秋宵夜月，顾瞻徘徊，相思苦情，无以排遣，犹似恋阙思君之情不能自已。“不堪盈手赠”，奸人作梗，君臣路阻，无以相通也。“梦佳期”，希冀君臣遇合，再回朝廷，但终是梦也，能否变成现实，还是一个未知数。《秋夕望月》与《望月怀远》可说是姊妹篇，很可能作于同时。诗云“所思如梦里，相望在庭中”“含情不得语，频使桂华空”，表达的是同一情愫，而更凄楚，但不及此诗委婉深曲，隽永有味，饶有情致。

1 天涯：遥远的地方。

2 情人：有怀远之情的人，作者自谓。遥夜：长夜。

3　竟夕：终夜，通宵。

4　怜：爱惜。光满：指月明。

5　露滋：表示望久夜深。滋，沾湿。

6　盈手：满手。月光不能持赠，难寄相思之情，故曰“不堪”。

7　还寝：回到卧室。佳期：欢会之期。

王　勃

杜少府之任蜀州

城阙辅三秦[1]，风烟望五津[2]。
与君离别意，同是宦游人[3]。
海内存知己[4]，天涯若比邻[5]。
无为在歧路，儿女共沾巾[6]。

这是王勃的名作，千古传诵不衰。它的独特之处，就在于一洗以往送别诗悲酸哀伤的情调，用质朴而警策的语言，抒发壮阔豪迈的胸怀，意境高远，感情深挚，调入初唐，已启盛唐，实为赠别诗之奇葩。“海内存知己，天涯若比邻”，更是脍炙人口的名句。它虽从曹植《赠白马王彪》“丈夫志四海，万里犹比邻”变化而来，但更为精练概括，生动形象，表现了一种积极乐观的博大胸怀，具有一股鼓舞人心的巨大力量。

1　城阙：指长安。辅：护卫。三秦：指陕西关中一带。关中古为秦国，项羽破秦入关，三分关中之地，以封秦降将章邯为雍王、司马欣为塞王、董翳为翟王，合称“三秦”。

2　五津：指岷江自灌县（今都江堰市）至彭山间的五大渡口：白华津、皂（多误作“万”）里津、江首津、沙（多误作“涉”或

“步”）头津、江南津。

3　宦游人：在外求官的人。

4　海内：四海之内，犹言天下。知己：彼此相知而又情谊深挚的朋友。

5　天涯：喻极远之地。比邻：犹近邻。

6　无为：犹不用、不要。歧路：岔路，指分手之处。二句谓大丈夫志在四方，不要像小儿女那样，分别时哭哭啼啼。巾：佩巾。

骆宾王

在狱咏蝉（并序）

余禁所禁垣西[1]，是法厅事也[2]，有古槐数株焉。虽生意可知，同殷仲文之古树[3]；而听讼斯在，即周召伯之甘棠[4]。每至夕照低阴[5]，秋蝉疏引[6]，发声幽息[7]，有切尝闻[8]。岂人心异于曩时[9]？将虫响悲于前听[10]。嗟呼，声以动容[11]，德以象贤[12]。故洁其身也，禀君子达人之高行[13]；蜕其皮也，有仙都羽化之灵姿[14]。候时而来，顺阴阳之数[15]；应节为变，审藏用之机[16]。有目斯开，不以道昏而昧其视[17]；有翼自薄，不以俗厚而易其真[18]。吟乔树之微风，韵资天纵[19]；饮高秋之坠露，清畏人知[20]。仆失路艰虞[21]，遭时徽纆[22]，不哀伤而自怨，未摇落而先衰[23]。闻蟪蛄之流声[24]，悟平反之已奏[25]；见螳螂之抱影，怯危机之未安[26]。感而缀诗[27]，贻诸知己[28]。庶情沿物应[29]，哀弱羽之飘零[30]；道寄人知，悯余声之寂寞[31]。非谓文墨[32]，取代幽忧云尔[33]。

西陆蝉声唱[34]，南冠客思深[35]。
不堪玄鬓影，来对白头吟[36]。
露重飞难进，风多响易沉[37]。

无人信高洁[38]，谁为表予心？

此诗与序，俱是说蝉、咏蝉，实借蝉以自喻。序文用骈体，思理周密，用典贴切，声情摇曳，极富韵致，堪称四六中一篇绝佳文字。诗用五律，首联即对，以蝉之悲鸣，兴己之客思，骇耳惊心。颔联用流水对，一句说蝉，一句说己，物我交融，语意双关。而“玄鬓”“白头”，工对贴切，凄婉沉郁；颈联纯用比体，字字说蝉，亦是字字说己，物我一体，寄托遥深；尾联设问，反诘有力，衷情呜咽，令人三叹，不禁扼腕。全诗层次井然，感情深至，取譬明切，意在言外，诚咏物诗之佳作。

1　禁所：囚禁之所，指御史台监狱。

2　法厅事：一作“法曹厅事”，是。法曹，指司法官署。厅事，即“听事”。汉、晋作“听事”，六朝后始作“厅事”，指中庭。法曹厅事，是司法机关审理诉讼的地方。

3　殷仲文：东晋人。《世说新语·黜免》：“大司马府厅前有一老槐，甚扶疏。殷因月朔，与众在厅，视槐良久，叹曰：‘槐树婆娑，无复生意。’”借以自叹其不得意。古树：一作“枯树”。庾信《枯树赋》：“殷仲文风流儒雅，海内知名。……常忽忽不乐，顾庭槐而叹曰：‘此树婆娑，生意尽矣！’”此以殷仲文自比。

4　甘棠：即棠梨。传说周代召伯听讼，不重烦劳百姓，就在小甘棠树下断案。人们感其公正无私，就作诗赞美他，这就是《诗经·召南·甘棠》，此以古槐比甘棠。听讼斯在：自己就在此受审。

5 夕照：夕阳。

6 疏引：鸣声清远。

7 幽息：指发声犹如深长的叹息。

8 切：凄切。句谓此时听蝉鸣，觉得比往时凄切。

9 曩(nǎng)时：从前。

10 将：抑或。虫响：指蝉鸣。

11 声以动容：谓蝉之悲鸣使人听来感动。

12 德以象贤：谓蝉之德操就像贤人一样。以下皆据此而发挥。

13 禀：禀受，具有。高行：高尚情操。

14 蜕(tuì)：脱皮。仙都：仙人所居。羽化：指飞升成仙。灵姿：犹仙姿。

15 阴阳之数：自然变化的规律。

16 节：节气，季节。审：洞察，明白。藏用：指退隐和出仕。机：机宜，时机。此句以蝉适应节气的变化来比喻士人的进退出处。

17 道昏：世道昏暗。昧其视：犹视而不见。

18 俗厚：指世俗看重权势利禄。真：指淡泊自守。

19　乔树：高树。天纵：谓大自然所赋予。

20　清畏人知：《晋书・胡威传》载：威父质，以忠清著称。晋武帝谓威曰："卿孰与父清?"对曰："臣不如也。"帝曰："卿父以何为胜耶?"对曰："臣父清恐人知，臣清恐人不知，是臣不及远也。"

21　仆：自称谦词。失路：指仕途失意。艰虞：艰难忧伤。

22　徽纆（mò）：捆犯人的绳索，指入狱。

23　摇落：指秋天。

24　蟪（huì）蛄（gū）：蝉的一种。

25　平反：谓从轻判罚。二句自比蟪蛄，希望从轻发落。

26　螳螂抱影：《说苑・正谏》："园中有树，其上有蝉，蝉高居悲鸣饮露，不知螳螂在其后也，螳螂委身曲附欲取蝉。"蝉将为螳螂所捕杀，故曰"危机"。

27　缀诗：作诗。

28　贻：赠。

29　庶：庶几，希冀之词。物：指蝉。应：感应。

30　弱羽：指蝉。

31　寂寞：无声静寂貌。

32　文墨：文辞。

33　幽忧：深忧。云尔：犹如此而已。

34　西陆：指秋天。《隋书・天文志中》："日循黄道东行……

行东陆谓之春，行南陆谓之夏，行西陆谓之秋，行北陆谓之冬。”

35　南冠：指代囚徒。骆宾王系南方人，又在狱中，故以“南冠”自称。客思（sì）：客居在外的思乡情绪。深：一作“侵”。

36　不堪：不能忍受。一作“那堪”。玄鬓：指蝉，古时妇女梳鬓发如蝉翼状，称蝉鬓。玄，黑色，与下“白”相对。白头吟：又借用乐府曲名《白头吟》字面，自喻清直受诬。白头，作者自指。吟，谓蝉鸣。

37　“露重”二句：以蝉的艰难处境喻己之冤屈难伸。

38　高洁：指蝉。蝉居高食洁，如序中所云“禀君子达人之高行”，借喻自己清白无辜。

杜审言

和晋陵陆丞早春游望

独有宦游人[1]，偏惊物候新[2]。
云霞出海曙[3]，梅柳渡江春。
淑气催黄鸟[4]，晴光转绿苹[5]。
忽闻歌古调[6]，归思欲沾巾。

杜审言为唐代近体诗奠基人之一，尤擅长五律。这首诗就是他五律的代表作。首尾两联抒情，中间两联写景，相辅相成，情景交融。"宦游人"为一篇关键，中间四句所着力描绘的，全是从宦游人眼中看到的异乡早春物候的变化。云霞、梅柳、黄鸟、绿苹，色彩艳丽，有声有色。这正是"独"使"宦游人""偏惊"的异乡"物候"之"新"。"独"字、"偏"字，用得精警。"忽闻"远承"独有"，照应题中"和"字，结句点出"归思"，又与起句"宦游"相应。全诗起结转承，章法严密，对仗工整，句律精切。难怪明人胡应麟推此诗为初唐五律第一，盛赞其"气象冠裳，句格鸿丽，初学必从此入门，庶不落小家窠臼"（《诗薮·内编》卷四）。

1　宦游人：在外做官的人。

2 物候：节物气候。

3 海：指长江。江阴地处长江下游南岸，滚滚长江经此东流入海。曙：指朝阳晓色。

4 淑气：温馨的春的气息。黄鸟：即黄莺，又名黄鹂，亦名仓庚。

5 晴光：明媚的春光。转绿苹：指苹草颜色由嫩绿转为深绿。此句化用江淹诗句："江南二月春，东风转绿苹。"（《咏美人春游》）

6 古调：指陆丞之诗。

沈佺期

杂　诗

闻道黄龙戍[1]，频年不解兵[2]。
可怜闺里月，长在汉家营[3]。
少妇今春意，良人昨夜情[4]。
谁能将旗鼓[5]，一为取龙城[6]？

原诗三首都是写征人远戍、闺妇怨情的。而这首写得最为出色，委曲婉转地写出了闺中少妇和远戍良人相互思念的绵邈深情。首联揭出闺怨之由，中间两联着力写两地相思，三、四用走马对，即景见情，描绘出一幅月下相思图：昔年闺里月，两人何等旖旎；今在汉家营，一人何等悲凉！月圆人不圆，“可怜”“长在”，下得凄婉。闺里、汉营，同看一轮月，昔何喜而今何悲！二句字字写月，又字字见人，“最是唐人神境”。五、六两句，进一步申说，补足三、四诗意。闺中少妇，远戍良人，昨聚今离。“今春意”“昨夜情”，互文对举，含情无限，幽衷莫诉，娇怨之甚。尾联设问，点明主旨，表达了人们祈望和平团聚的美好心愿。前后照应，含蕴无穷。顾安誉为“千古闺情绝唱”（《唐律消夏录》），当不为过。

1 黄龙戍：指黄龙城，即末句所云“龙城”，又名和龙城、龙都，故址在今辽宁朝阳。原名柳城，前燕慕容皝在柳城北、龙山南筑龙城，改柳城为龙城县，咸康七年(341)，迁都龙城。后燕、北燕都曾以此为都。后魏置营州。隋大业初置辽西郡。唐初改营州都督府。天宝元年改柳城郡。其地西北接奚，北接契丹，经常发生战争。武后万岁通天中，契丹反，奚亦叛，曾为契丹攻陷。唐人诗中多以“龙城”代指敌人要地。

2 频年：连年。解兵：罢兵，休兵。

3 汉家营：即指唐军营，唐人习惯以汉代唐。

4 良人：指远戍的丈夫。

5 旗鼓：代指军队。

6 龙城：旧注指汉时龙城，匈奴祭天处，在今蒙古人民共和国境内。但从高宗、武后当时军事形势和沈诗具体描写看，当为实指，即首句所云黄龙戍。原诗第二首即云：“妾家临渭北，春梦著辽西。何苦朝鲜郡，年年事鼓鼙。”辽西，即龙城一带。

宋之问

题大庾岭北驿

阳月南飞雁[1]，传闻至此回[2]。
我行殊未已[3]，何日复归来？
江静潮初落，林昏瘴不开[4]。
明朝望乡处，应见陇头梅[5]。

全诗抒写贬谪乡思，凄咽欲绝，妙在以景寓情，含蕴不尽。开头以雁拟人，雁南飞至大庾岭而止，待来春转暖即北归。可自己呢，却要度岭南行，愈行愈远。雁归而人不得归，人不如雁，情何以堪！结尾借梅寄情。大庾岭气候温暖，十月可见梅花。今睹庾岭之梅，犹见故乡之梅，不禁引人乡思。“应见”，而非实见，令人凄然。作者同时写的《度大庾岭》云：“魂随南翥鸟，泪尽北枝花。”可谓糅合此诗首尾两联意象，而更沉痛。稍前写的《途中寒食》诗结尾云“故园肠断处，日夜柳条新”，与此诗尾联可谓有异曲同工之妙。

1　阳月：农历十月。

2　“传闻”句：谓传说雁南飞至大庾岭而北回。

3　未已：未尽，未完。

4 瘴：指南方深山密林间湿热郁蒸致人疾病之气。

5 陇头梅：相传南朝宋时，陆凯在江南寄梅花一枝与长安友人范晔，并赠诗曰："折花逢驿使，寄与陇头人。江南无所有，聊赠一枝春。"（《太平御览》卷九百七十引《荆州记》）末二句暗用此典。

王　湾

次北固山下

客路青山下，行舟绿水前[1]。
潮平两岸阔[2]，风正一帆悬[3]。
海日生残夜[4]，江春入旧年[5]。
乡书何处达？归雁洛阳边[6]。

此为王翰名作，驰誉当时，传诵千古。诗写舟行乡思，奇景妙语，意境壮阔，富有理趣，肇示盛唐气象，真堪不朽。中二联尤警绝，向为人所激赏；三、四写潮平岸阔，风正帆悬，浓淡相生，小大相形，景象恢宏阔大，用字精妙传神；五、六写夜阑将晓，旭日初升，岁暮未尽，春意先临，新旧交替，生生不息，充满生气而又蕴含哲理。《河岳英灵集》记载："（湾）游吴中，作《江南意》诗云：'海日生残夜，江春入旧年。'诗人已来，少有此句。张燕公（说）手题政事堂，每示能文，令为楷式。"可见当时已备受推崇。作为宰相的张说，大概是把这两句诗作为"开元盛世"的形象写照吧！

1　青山：指北固山。下：一作"外"。首二句《河岳英灵集》作："南国多新意，东行伺早天。"

2 平：犹满。潮落则岸边之地尽见，故觉其狭；潮满则岸边之地尽为水所没，故觉其阔。阔：《河岳英灵集》作“失”。

3 风正：指风顺而和，不是猛风、大风。一：《河岳英灵集》作“数”。帆悬：指船帆端直高挂的样子。

4 残夜：夜阑将晓。

5 “江春”句：谓旧历新年前立春。

6 乡书：家书。归雁：传说雁能传书。《河岳英灵集》末二句作：“从来观气象，惟向此中偏。”

常　建

破山寺后禅院

清晨入古寺，初日照高林[1]。
曲径通幽处[2]，禅房花木深[3]。
山光悦鸟性，潭影空人心[4]。
万籁此皆寂[5]，惟闻钟磬音[6]。

这是一首题壁诗，借咏禅寺幽静景象，抒发隐逸闲适情怀，清境幻思，兴象深微，笔笔超妙，字字入神，虽为五律，有似古体，整散结合，构思精巧，通体幽绝。“曲径”一联，尤为人所叹赏。欧阳修《题青州山斋》曰：“吾尝喜诵常建诗云：‘竹径通幽处，禅房花木深。’欲效其语作一联，久不可得，乃知造意者为难工也。”（《续居士集》卷二十三）殷璠评常建云：“建诗似初发通庄，却寻野径，百里之外，方归大道。所以其旨远，其兴僻，佳句辄来，唯论意表。”（《河岳英灵集》）这首诗正是这样。

1　初日：犹旭日。

2　曲径：一作“竹径”，一作“一径”。

3　禅房：后禅院中僧人住房。

4 空：有涤除、净滤意。人心：指心中的尘世俗念。

5 万籁：自然界中的各种声响。皆：一作“都”，一作“俱”。

6 钟磬（qìng）：寺院中乐器，僧人诵经、参禅时，开始敲钟，结束敲磬。

岑　参

寄左省杜拾遗

联步趋丹陛[1]，分曹限紫微[2]。
晓随天仗入[3]，暮惹御香归[4]。
白发悲花落，青云羡鸟飞。
圣朝无阙事[5]，自觉谏书稀[6]。

这是一首婉而含讽的诗。作者不满意这种“平明端笏陪鹓列,薄暮垂鞭信马归”(《西掖省即事》)的刻板无聊的朝官生活,故生见花落而悲己年华虚度、睹飞鸟而顿生羡慕之情。身为谏官,不被重用,备位而已。末二句反语见讽,含意深微。作者同时所作《西掖省即事》末联即云:“官拙自悲头白尽,不如岩下偃荆扉。”正是不满虚备谏位而欲归隐,与此诗“白发悲花落,青云羡鸟飞”如出一辙。这和杜甫当时的心情是近似的。杜甫《题省中壁》云:“衮职曾无一字补。”《曲江二首》其一云:“何用浮名绊此身!”《曲江对酒》云:“吏情更觉沧洲远,老大徒伤未拂衣。”所以杜甫读到岑参赠诗后,心领神会,在答诗中感激地说:“故人得佳句,独赠白头翁。”二位同僚和好友,真可谓是“心有灵犀一点通”了。

1　联步：谓上朝同行。丹陛：殿前红漆台阶。

2　分曹：犹分署、分部。岑为补阙，属中书省，居右曹；杜为拾遗，属门下省，居左曹，故云。限：界限，隔开。紫微：帝王宫殿，此指朝会之宣政殿。《晋书·天文志上》："紫宫垣十五星……一曰紫微，大帝之坐也，天子之常居也，主命主度也。"古人遂以紫微星垣比喻皇帝居处。门下省在宣政殿东，中书省在殿西，故曰"限紫微"。

3　天仗：天子仪仗。

4　惹：沾染。御香：朝会时殿中设炉燃香。

5　阙：同"缺"，缺失，过错。

6　谏书：进谏的奏章。补阙、拾遗，均为谏职，掌供奉讽谏。朝廷无缺事，则不用进谏，故曰"稀"，此是反话。

李　白

赠孟浩然

吾爱孟夫子[1]，风流天下闻[2]。
红颜弃轩冕，白首卧松云[3]。
醉月频中圣[4]，迷花不事君。
高山安可仰，徒此揖清芬[5]。

在这首诗里，誓不摧眉折腰事权贵的李白，却对身为布衣的孟浩然倾心仰慕，岂不怪哉？怪也不怪，盖有深契在焉。君子同心，达人同志，鄙弃轩冕，此其同也。“红颜弃轩冕，白首卧松云”二句，高度概括了孟浩然的一生，可谓精确而形象。李白所敬仰的，正是孟浩然终身隐居不仕的高洁情操。浩然好饮，太白更好饮。浊醪识妙理，酒中存真趣。李白醉酒傲岸，可以“天子呼来不上船，自称臣是酒中仙”（杜甫《饮中八仙歌》）。浩然醉酒，可将功名利禄置之脑后。王士源《孟浩然集序》云：山南采访使韩朝宗约浩然同赴京师，欲荐之于朝，俾为颂诗，但浩然却因会友酣饮而失约，“或曰：‘子与韩公预诺而怠之，无乃不可乎！’浩然叱曰：‘仆已饮矣，身行乐耳，遑恤其他！’遂毕席不赴。由是间罢，既而浩然亦不之悔也，其好乐忘名如此！”诗中“醉月频中圣，迷花不事君”云云，正指此类情事。“不事君”与“弃轩冕”，原是同一回事。一再强调，可见李白用意所在。而谢榛谓其“两联意重，法不可从”，讥为“兴到而成，失于检点”（《四溟诗话》卷三），此胶柱鼓瑟之论，太白诗仙，岂斤斤于格律成法哉！浩然之“好乐忘名”，与太白之“唯有饮者留其名”（《将进酒》），原是同一怀抱，惺惺惜惺惺，难怪李之于孟如此倾心折服了。

1　夫子：对男子的尊称。

2　风流：指儒雅潇洒的风度和超然不凡的才华。

3　红颜：指年轻时期。弃轩冕：谓鄙弃功名富贵。轩冕，卿大夫之车服，代指官位爵禄。白首：谓年老。卧松云：指隐居山林。作者同时所作《春日归山寄孟浩然》诗云“朱绂遗尘境，青山谒梵筵”，与此意同。

4　中(zhòng)圣：醉酒。

5　高山：喻人德行。《诗经 · 小雅 · 车辖》：“高山仰止，景行行止。”司马迁在《史记 · 孔子世家》中曾用此二语赞美孔子。徒此：只有在此。揖：作揖，表示敬意。清芬：喻德行高洁。二句谓浩然德行高洁，不可企及，只有在临别时表示崇敬之意。

渡荆门送别

渡远荆门外，来从楚国游[1]。
山随平野尽[2]，江入大荒流[3]。
月下飞天镜[4]，云生结海楼[5]。
仍怜故乡水[6]，万里送行舟。

李白一生好做江山游，这次“仗剑去国，辞亲远游”（《上安州裴长史书》），原是胸怀大志，要到外面的大世界做一番大事业的。年轻气盛、雄心勃勃的诗人第一次离开故乡，乘舟出峡，看到峡外如此壮阔雄奇的景象，自然是颇感新奇，兴奋不已。中间两联正是青年诗人这种新鲜感受的艺术体现。滚滚长江挣脱绵延七百里三峡的束缚，水到宜昌市（唐为峡州夷陵郡）南津关，江面陡然变宽，两岸群山，略尽其势，几乎隐没在一片烟岚雾霭之中，放眼望去，江水向天外流去，两岸已是一望无际的江汉平原了。“山随平野尽”，“尽”字用得脉脉含情；“江入大荒流”，“入”字用得精警贴切。江入大荒，大有“泻水置平地，各自东西南北流”（鲍照《拟行路难十八首》其四）之势。在这壮阔的景物描写中，充盈着青年诗人的渴望和喜悦，一腔豪情，满身朝气，李白也从此走出蜀中狭小的天地，而投入广袤无际的大千世界之中。如果说颔联景象壮阔，

那么颈联则意象奇瑰。而“月下飞天镜，云生结海楼”的奇幻景象，也是只有在江流宽阔、水天茫茫、浩浩荡荡、横无际涯的大背景下才能出现的。如果是在两岸悬崖峭壁、江流狭窄湍急的三峡，是看不到这种奇妙景象的。上句写月映江中之景，“飞”字传神；下句写江上云雾变幻之状，瑰丽绝奇，宛如一幅绚烂多姿、迷蒙缥缈的月夜江流图。但李白久居蜀中，乍离乡远游，难免产生眷恋之情，尾联即点明题中“送别”之意。但不说人送别，而说“故乡水”送别，流水有情，相随万里，送己远游，拟人手法，饶有情致，侧面烘托，愈益显出恋乡惜别深情。其实，首联“渡远荆门外，来从楚国游”，已揭示出离乡远游之意。首尾照应，可见针线之密。

1 从：作。楚国：李白出峡东游，舟经楚地，故曰“楚国游”。

2 杨齐贤注：“荆门军有山名荆门，蜀之诸山至此不复见矣。”（《分类补注李太白诗》卷十五）故曰“尽”。作者同时所作《荆门浮舟望蜀江》云：“逶迤巴山尽。”巴山代指蜀中诸山，正可作此诗“尽”字注脚。

3 大荒：辽阔的原野，与上句“平野”互文。

4 天镜：指水中明月之影。

5 海楼：海市蜃楼。

6 怜：爱。故乡水：长江之水由故乡蜀中流来，故云。

送友人

青山横北郭[1]，白水绕东城。
此地一为别，孤蓬万里征[2]。
浮云游子意，落日故人情[3]。
挥手自兹去，萧萧班马鸣[4]。

此诗上四叙送别之地，下四言送友之情，不事雕琢，全出自然，语浅情深，新颖别致。作者将我国羁旅离别诗所用传统语汇，如“孤蓬”“浮云”“游子”“落日”“班马”等集中于一首诗中，把这些传统语汇所包含的传统形象，聚焦般地呈现在读者面前，从而大大地增强了诗歌的表现力和感染力。唐汝询评此诗曰：“即分离之地，而叙景以发端，念行迈之遥，而计程以兴慨。游子之意，飘若浮云；故人之情，独悲落日，行者无定居者难忘也。而挥手就道，不复能留，唯闻斑（班）马之声而已。黯然销魂之思，见于言外。”（《唐诗解》卷三十三）

1　北郭：即指城北。郭，外城。

2　孤蓬：蓬草秋枯根断，随风飞转不定，喻游子只身飘零，行止无定。“孤”字下得凄苦。

3　“浮云”二句：王琦曰：“浮云一往而无定迹，故以比游子之

意；落日衔山而不遽去，故以比故人之情。”（《李太白全集》卷十八）

4　萧萧：马嘶鸣声。班马：离群之马。

听蜀僧濬弹琴

蜀僧抱绿绮[1]，西下峨眉峰[2]。
为我一挥手[3]，如听万壑松[4]。
客心洗流水[5]，余响入霜钟[6]。
不觉碧山暮，秋云暗几重[7]。

这是李白描写音乐的名篇，着重表现的是听琴时的感受和彼此间的感情交流。全诗除开头两句交代高僧携名琴从自己故乡远道而来外，其余六句，句句写“听”，处处扣“弹”，紧应题目。听者善听，弹者善弹，听者情绪完全随弹者所奏而变化，起而急骤，如万壑松风，汹涌奔腾；继而舒缓，如潺潺流水，清心悦耳；终而琴韵钟声相融共鸣，余音袅袅，不绝如缕，引人遐思。听者如痴似醉，心驰神往；弹者出神入化，几如忘我。“不觉碧山暮”，“不觉”二字妙绝，唯入神，故不觉时间之长，听者、弹者俱“不觉”也，可见心融神会，堪称知音。“秋云暗几重”，语意双关，既点明时令，又喻弹者技艺高超。此诗一气挥洒，妙极自然，清新明快，空灵蕴藉，用典不露痕迹，全似不费气力，实则匠心独运，用意深微。

1　绿绮：琴名。傅玄《琴赋序》：“楚王有琴曰绕梁，司马相如有绿绮，蔡邕有焦尾，皆名器也。”此指名贵的琴。

2　峨眉峰：即峨眉山。句谓僧濬自蜀中而来。

3　挥手：指弹琴。嵇康《琴赋》：“伯牙挥手，钟期听声。”此处李白自许为僧濬的知音，故下用伯牙、钟子期事。

4　万壑松：谓琴声犹如万壑松风。

5　客：作者自谓。洗流水：指为琴声所陶醉，心胸为之一洗。流水，暗用伯牙、钟子期事。

6　霜钟：《山海经·中山经》：“丰山……有九钟焉，是知（和）霜鸣。”郭璞注：“霜降则钟鸣，故言知（和）也。”

7　秋云：暗用《列子·汤问》：秦青“抚节悲歌，声振林木，响遏行云”。“暗”字应上“暮”字。

夜泊牛渚怀古

牛渚西江夜[1]，青天无片云。
登舟望秋月[2]，空忆谢将军[3]。
余亦能高咏，斯人不可闻[4]。
明朝挂帆去[5]，枫叶落纷纷。

此诗为李白五律名篇，借咏史以抒怀，自叹怀才不遇。虽为五律，却不用对偶，有人误为古诗，盖因不明律诗发展演变之迹，其时尚未甚拘偶对之故也。严羽曰："有律诗彻首尾不对者。盛唐诸公有此体，如……太白'牛渚西江夜'之篇，皆文从字顺，音韵铿锵，八句皆无对偶。"（《沧浪诗话·诗体》）赵宦光亦谓此诗"无一句属对，而调则无一字不律"（王琦辑注《李太白全集》卷二十二引）。对李白这类平仄严格合律而不拘偶对之律诗的特点，田雯所论近是："青莲作近体如作古风，一气呵成，无对偶之迹，有流行之乐，境地高绝。"（《古欢堂集·杂著》卷二《论五言律诗》）故主神韵说的一代文宗王士禛称誉此诗有"不著一字，尽得风流"之妙，赞叹"诗至此，色相俱空，正如羚羊挂角，无迹可求，画家所谓逸品是也"（《带经堂诗话》卷三）。

1 西江：西来大江，此指长江。

2 登舟：谓步出船舱望月。

3 谢将军：指谢尚。

4 斯人：亦指谢尚。

5 去：一作“席”。

杜　甫

春　望

国破山河在[1]，城春草木深[2]。
感时花溅泪[3]，恨别鸟惊心。
烽火连三月[4]，家书抵万金[5]。
白头搔更短[6]，浑欲不胜簪[7]。

天宝十五载(756)六月，潼关失守，玄宗仓皇逃蜀，长安沦于叛军之手，时杜甫挈家逃难。七月，太子李亨即帝位于灵武，改元至德。八月，杜甫自羌村离家单身投奔灵武，中途为叛军所得，送至长安。第二年春天，诗人忧乱伤春而作此诗。上四，写春望之景，睹物伤怀，妙在寓情于景，情景交融；下四，写春望之情，遭乱思家；五、六两句，言战乱之久，思家之切，“家书抵万金”，极写对家人之刻骨思念；末二句，自言发白更短，乃忧乱思家所致，拳拳爱国之心，跃然纸上。全诗语语沉痛，字字血泪凝成，国破家亡之深忧巨痛，至今读来犹撼人心魄。

1　国破：谓长安陷落。山河在：山河依旧。

2　草木深：草木丛生，意谓人烟稀少。

3 时:指时事、时局。

4 烽火:战火。连三月:连逢两个三月,谓从去年到现在一直在打仗。一说连三月,是接连三个月不断,谓整个春天都在打仗,亦通。三月,指季春三月。

5 家书:家信。抵万金:极言家书之难得。

6 白头:指白发。短:短少。

7 浑欲:简直,几乎。不胜:犹不能。簪:用来束发于冠的饰具。

月　夜

今夜鄜州月，闺中只独看[1]。
遥怜小儿女，未解忆长安[2]。
香雾云鬟湿[3]，清辉玉臂寒[4]。
何时倚虚幌[5]，双照泪痕干[6]？

这是杜甫传诵千古的名作。诗写离乱中两地相思，构想新奇，情真意切，明白如话，深婉动人，真可谓天下第一等情诗。首联点题，起势不凡。入手即从对面着笔，不言我在长安思念家人，却说家人在鄜州望月思我，蹊径独辟；次联流水对，用笔尤为隐曲委婉，寓意深微。未解忆，含两层意：一是儿女尚小，不知道想念身陷长安的父亲；二是小儿女天真无知，不懂得母亲看月是在想念他们的父亲。以小儿女的不解忆，反衬闺中之独看、独忆，突出首联“独”字，益见深情苦忆；颈联着力描写想象中妻子独自看月的形象。雾湿云鬟，月寒玉臂，语丽情悲。“湿”字、“寒”字，见出夜深，衬出闺中伫望之久、思念之切，虽“云鬟湿”“玉臂寒”而不知，可谓忘情之至也；末联以希冀重逢作结：“何时倚虚幌，双照泪痕干？”“泪痕干”，则今夜泪痕不干明矣！“双照”而泪痕始干，则“独看”而泪痕不干明矣！今夜两地看月而各有泪痕，则愈益不干也甚矣！黄生曰：“‘照’字应‘月’字，‘双’字应‘独’字，语意玲珑，章法紧密，五律至此，无忝称圣矣！”（《杜诗说》卷四）

---

1 闺中：指妻子。

2 未解：不懂得。

3 香雾：雾本无香，乃鬟香透入夜雾，故云。

4 清辉：指月光。

5 虚幌：薄帷。

6 双照：指自己与妻子双方而言。

春宿左省

花隐掖垣暮，啾啾栖鸟过[1]。
星临万户动，月傍九霄多[2]。
不寝听金钥，因风想玉珂[3]。
明朝有封事[4]，数问夜如何[5]？

杜甫任左拾遗后不久，就碰上肃宗罢斥宰相房琯的大事。杜甫与房琯为布衣交。他认为房琯是醇儒，有大臣体，又深得众望，于是上疏谏诤，言罪细不宜免大臣。结果触怒肃宗，诏三司推问，幸宰相张镐等人说情，才免于治罪。至德二载（757）八月，杜甫被墨制放还鄜州省家。九月，官军收复长安。十月，肃宗自凤翔还京。杜甫亦从鄜州赶回凤翔，扈从还京。这时杜甫虽仍任左拾遗，但不被重用，不过备位而已。他“仕不得志”，大有忧谗畏讥、动辄得咎之慨，变得谨慎小心了。所以他宿直左省，格外尽职。花隐掖垣，星临万户，月傍九霄，金钥响动，真是君门似海，莫测高深。他不得不时时陪着小心，不能有丝毫疏失。稍一不慎，恐有不测呵！“不寝”“数问”云云，真是言简意丰，那言外之意、弦外之音，谁能领略得到？透过诗人那忠勤为国、谨于职守的重重障幕，我们仿佛触摸到一颗恐惧不安的心在跳动，真是如履薄冰、如临深渊呵！

果然，不久之后，诗人即被贬为华州司功参军，从此永远离开了他眷恋难舍的朝廷。明唐元竑称此诗为“五言近体中之精妙者”（《杜诗攟》卷一）。所谓“精妙”，即指全诗章法谨严，针线细密，情景交融，含蓄蕴藉，宛如一件耐人寻味的精致工艺品。清吴瞻泰评此诗曰：“‘不寝’二字，一篇关键。由日暮而星临，而月出，宜寝矣；而听钥，而想珂，而问夜，则何尝一息就寝！一片精诚爱国、坐而假寐之意，俱于层次中序出。后人早朝寓直诗，纵极典丽，不能及此深沉也。”（《杜诗提要》卷七）

---

1 掖垣：本谓宫殿围墙，唐代门下、中书两省称左、右掖垣，此指左掖。啾（jiū）啾：鸟鸣声。栖鸟：归巢之鸟。二句写薄暮之景。

2 “星临”二句：写夜景。临，照临。傍，靠近。上句写月出之前景象，月未出则星倍明，星斗满天，照临宫中千门万户，金碧辉映，流光溢彩，“动”字传神。少焉月出九霄之上，则入夜渐深。九霄，语意双关，一谓天穹高远，一喻帝居尊崇。君门深邃，宫殿高耸云霄，与月为近，故得月独多，“多”字奇警。

3 金钥：即金锁，此指开启宫门锁钥的响动声，故用“听”字。玉珂：即马铃，以贝饰之，色白如玉，振动有声。二句写作者宿直左省，谨于职守，宫门金钥响动，他疑心是朝门开启；风吹檐间铎鸣，他仿佛听到了百官乘马上朝的马铃声。

4　封事：密封的奏章。唐代拾遗，掌供奉讽谏，大事廷议，小则上封事。

5　数(shuò)问：屡次询问。

至德二载甫自京金光门出间道归凤翔乾元初从左拾遗移华州掾与亲故别因出此门有悲往事

此道昔归顺[1]，西郊胡正繁[2]。
至今犹破胆，应有未招魂[3]。
近侍归京邑[4]，移官岂至尊[5]？
无才日衰老，驻马望千门[6]。

杜甫不顾自身安危，冒险逃出魔掌，间道窜归凤翔，原是出于爱国赤诚，愿为朝廷平叛效力。所以他在左拾遗任内，忠于职守，直言敢谏。想不到遭谗被贬，一腔忠悃付之东流。再从金光门出，回首往事，目睹今事，不胜感慨。但诗写得委婉曲折，缠绵悱恻，很是得体。边连宝曰："事君、交友、爱国、恋阙之意，俱以忠厚恻怛出之，此诗之可以怨者。"（《杜律启蒙》卷二）

1 归顺：指逃脱叛军回归朝廷。

2 胡：指安史叛军。繁：多而乱。

3 破胆：丧胆。二句谓现在回想往事，尚觉胆战心惊，好像魂魄尚未招回似的。应：料想之词。

4　近侍：指左拾遗，拾遗为皇帝侍从谏官，故云。京邑：指华州，因属京城近畿，故曰“京邑”。

5　移官：实即贬官。至尊：皇帝。对肃宗不便直言，故曰“岂至尊”，反问见讽。

6　千门：指宫殿，形容门户之多。

月夜忆舍弟

戍鼓断人行[1]，秋边一雁声[2]。
露从今夜白[3]，月是故乡明。
有弟皆分散，无家问死生[4]。
寄书长不达[5]，况乃未休兵[6]。

诗写天涯忆弟之情，骨肉离散之苦，可谓字字忆弟，句句有情。首联点明时、地，已隐含忆弟之情。戍鼓鸣，行人断，正是战乱景象，戍鼓声犹在耳，接着传来孤雁哀鸣，不禁牵动起诗人思弟之情缕。古人常用“雁行”“雁序”喻兄弟，孤雁失群，则使人联想到兄弟分散。况且在这荒远边地的萧瑟秋夜，这孤雁念群的悲切叫声，听来更使人怆然涕下。因为漂泊流离，杜甫对雁声有着一种特殊的敏感。首联十字，可谓一字一咽，字字血泪，切不可草草看过。这首二句是提摄全篇的，既写出忆弟之情，又揭出忆弟之由，那就是战乱；以下六句都是与此二句紧相呼应的；颔联紧承“秋”字、“月”字，加倍写“忆”；颈联申明三、四，知乱后故乡无人，只孤悬一轮明月，则月愈明，忆弟思乡之情愈切；尾联二句，紧承五、六，照应开头，将家愁国难作一收束，含蓄蕴藉，无限深情。

1　戍鼓：戍楼夜时所击禁鼓。断人行：谓宵禁戒严。

2　秋边：一作“边秋”。一雁：即孤雁。古以雁行喻兄弟，说“一雁”，即暗喻自己孤独。

3　“露从”句：谓今日适逢白露节。

4　无家：时杜甫巩县（今河南巩义市）老家毁于安史之乱，已无人，故云。

5　书：家信。

6　况乃：何况是。时史思明叛军复陷洛阳，又进攻河阳，故曰“未休兵”。

天末怀李白

凉风起天末[1]，君子意如何[2]？
鸿雁几时到[3]？江湖秋水多[4]！
文章憎命达，魑魅喜人过[5]。
应共冤魂语，投诗赠汨罗[6]。

此诗与卷一《梦李白二首》为同时作，可以参看。李、杜同心，命途多舛。李、杜情深，同病相怜。诗以血书，千载诵传。至今读之，令人潸然。仇兆鳌曰："说到流离生死，千里关情，真堪声泪交下，此怀人之最惨怛者。"（《杜诗详注》卷七）《唐宋诗醇》卷十四云："悲歌慷慨，一气卷舒。李杜交好，其诗特地精神。"

1 凉风：时值秋天，故云。

2 君子：指李白。

3 鸿雁：代指书信，古有鸿雁传书之说。

4 "江湖"句：喻风波险阻。与《梦李白二首》其二"江湖多风波"同义。

5 文章：泛指诗文。命达：谓仕途通达。魑（chī）魅（mèi）：山泽中精怪，此喻奸邪小人。过：经过。魑魅喜人过而食之。

亦有过失意,小人伺君子过失而害之。朱鹤龄曰:"上句言文章穷而益工,反似憎命之达者。下句言小人争害君子,犹魑魅喜得人而食之。即《招魂》:'雄虺九首吞人以益其心'意也。"(《杜工部诗集辑注》卷六)

6　冤魂:指屈原。屈原忠君爱国,无罪被放,忧愤投汨(mì)罗江(在今湖南境内)而死,故曰"冤魂"。投诗:谓李白投诗汨罗以吊屈原。李白遭遇与屈原相似,同是蒙冤被放,故曰"共"。

奉济驿重送严公四韵

远送从此别[1]，青山空复情[2]。
几时杯重把，昨夜月同行。
列郡讴歌惜[3]，三朝出入荣[4]。
江村独归处[5]，寂寞养残生[6]。

在杜甫广泛的交游中，关系最密切而又相处时间最久、倚依最重的，当推严武。现存杜诗，只是在题上或注中明确标明与严武有关的，就有三十五首，在杜甫赠友辈诗中是最多的。所以浦起龙说："公所至落落难合，独于严有亲戚骨肉之爱。"(《读杜心解》卷四之一) 从而断言："严系知己中第一人。"(同上卷一之五) 因此，对严武的去蜀还朝，杜甫感到依恋难舍和别后难忍的孤独和寂寞。黄生曰："上半叙送别，已觉声嘶喉哽。下半说到别后情事，彼此悬绝，真欲放声大哭。送别诗至此，使人不忍再读。"(《杜诗详注》卷十一引)

1 "远送"句：严武远赴长安，故曰"远送"。此，指奉济驿。有此地一为别、后会难再期之感。

2 "青山"句：谓青山空复伤情，可见怅别易生悲也。

3 列郡：指东西川属邑。讴歌：吏民颂其政绩，如《遭田父泥饮美严中丞(武)》诗中所写那样。惜:不愿其离去。

4　三朝:指玄、肃、代三朝。出入荣:指入朝和外任都居高位。

5　江村:指杜甫寓居的浣花草堂。

6　寂寞:指严武去后的孤独无依。残生:犹言风烛残年。

别房太尉墓

他乡复行役[1]，驻马别孤坟[2]。
近泪无干土，低空有断云[3]。
对棋陪谢傅[4]，把剑觅徐君[5]。
唯见林花落，莺啼送客闻[6]。

在这首诗中，开头两句，即伤己悼琯，徘徊悱恻，分三层写出苦境苦情：他乡为客，一可伤；又复行役，愈客愈远，二可伤；别后凄凉，孤坟寂寞，三可伤。二句看似平铺直叙，实则涵蕴深长。这里有对房琯所受冷遇的控诉，也有对自己因疏救房琯而漂泊流离的不满。而两句所渲染的悲凉氛围则笼罩全篇，为全诗定下了基调。三、四两句，极写哭墓之哀，抒发对亡友的深情厚谊，真切动人，催人泪下。五、六两句，以谢安比房琯，可见生有安国定邦之才；以季札比自己，死而不忘心契之谊。生前死后，始终不渝，足见志同道合，非比寻常。结尾二句，以“闻”“见”参错成韵，谓别时不见送客之人，送客者唯有落花啼莺而已，死后寂寞荒凉如此，不胜凄楚惆怅之至。“唯”字照应次句“孤”字，末联寂静凄清的气氛，与首联渲染的悲凉氛围融汇一体，深沉含蓄，余韵不尽，耐人寻味。赵星海曰：“此一诗，一身作客之难，朋友相与之情，而名宦生前死

后之德诣凄凉，无一不见。他人千言不能尽，而公四十字括之，是称巨笔。”（《杜解传薪》卷三之五）

1　他乡：客居异乡，与故乡对。复行役：谓将由阆州去成都。行役，在外奔走。

2　孤坟：指死后寂寞凄凉。

3　“近泪”二句：谓泣泪之多，土为之湿；哀伤所感，云为之断。

4　谢傅：指谢安，字安石，死赠太傅。此以谢安比房琯，忆二人生前相与之情。

5　“把剑”句：《史记·吴太伯世家》载：春秋时吴国季札出使，“北过徐君。徐君好季札剑，口弗敢言。季札心知之，为使上国，未献。还至徐，徐君已死，于是乃解其宝剑，系之徐君冢树而去。从者曰：‘徐君已死，尚谁予乎？’季子曰：‘不然。始吾心已许之，岂以死倍（背）吾心哉！’”此以季札自比，珍视死后不忘之谊。

6　客：作者自谓。

旅夜书怀

细草微风岸，危樯独夜舟[1]。
星垂平野阔，月涌大江流[2]。
名岂文章著？官应老病休！
飘飘何所似[3]？天地一沙鸥[4]。

这首五律，格律严整，结构井然，诗人乘一叶孤舟，挈妇将雏，漂泊远游，那心情是很凄苦寂寞的。前四句写旅夜之景极有层次：一、二两句是就近而小者着笔，点明时间、地点和个人处境，连用“细”“微”“危”“独”四字，不仅准确地写出了旅夜独宿的情景，而且深细入微地传达出诗人孤寂悲凉的心情；三、四两句是就大而远者渲染，“星垂”“野阔”“月涌”“江流”，处处都和前二句所写之景形成强烈的对比，意象生动，境界壮阔，气势磅礴。“垂”“阔”“涌”“流”四字力透纸背，表现了诗人处于逆境中博大胸怀和兀傲不平的感情。虽是写景，但又不是纯粹描写自然景物，作者独有的感受也隐寓其中了；后四句书怀，也写得跌宕起伏；五、六两句反言见意。老病云云，不过是托辞罢了。名实因文章而著，官不为老病而休，而以“岂”“应”二虚字反言之，则愈见其悲愤抑郁之情。有志不获骋，漂泊江湖间，穷愁潦倒，竟何似也？直天地

间一沙鸥耳！最后两句一问一答，即景自况，愈见苍凉悲郁。“一沙鸥”又照应前“独”字，可见针线之密。作者巧妙地运用了一系列比喻、映衬、对比的艺术手法，极大地丰富了诗歌的意蕴，增强了感人的力量。我们吟诵着这首诗，虽感凄苦，但不衰颓，总觉危苦中眼界阔大、穷蹙中胸怀旷远，这正是诗人人格的伟大之处。

1　危樯（qiáng）：高高的船桅杆。

2　大江：指长江。

3　飘飘：不定貌。

4　沙鸥：一种水鸟，飞于江海之上，栖息沙洲。

登岳阳楼

昔闻洞庭水[1]，今上岳阳楼。
吴楚东南坼[2]，乾坤日夜浮[3]。
亲朋无一字[4]，老病有孤舟[5]。
戎马关山北[6]，凭轩涕泗流[7]。

杜甫的后半生完全是在漂泊流离中度过的。离开成都乘舟东下到夔州（今重庆奉节），暂居不到两年，又于大历三年正月中旬乘舟出三峡，经江陵，过公安，舟抵岳阳，已是岁尾。这一年，他又完全是在波涛汹涌的长江上的一叶孤舟中度过的，年老多病，怎堪颠簸！今登上岳阳楼，放眼八百里洞庭，烟波浩渺，自是感慨万千。巴陵胜状，在洞庭一湖。岳阳为名胜之地，迁客骚人，多会于此，楼即“迁客”张说所建。故开头“昔闻”“今上”一联，抚今追昔，正有无限感慨。次联极写洞庭湖浩瀚无际的壮观景象，语虽雄浑豪健，但亦寓家国身世之感在其间。吴楚分裂，乾坤震荡，这不就是当时唐王朝的形象写照吗？故下自怜身世，举目无亲，老病孤舟，忧怀国事，戎马关山，涕泗横流，正可谓泣尽继之以血，令人感叹嘘唏，不能自已。杜诗的可贵之处，即是景中有人在，诗中有人在，更有格在。这所谓“格”，正是忧国忧民的博大胸怀。刘辰翁誉此诗

“气压百代，为五言雄浑之绝”（《集千家注批点杜工部集》卷十九）。

1　洞庭水：即洞庭湖。

2　坼（chè）：分裂。大致说来，湖在楚之东、吴之南，中由湖水分开，故曰“坼”。

3　乾坤：指日月。《水经注·湘水》：“（洞庭）湖水广圆五百余里，日月若出没于其中。”

4　字：指书信。

5　老病：杜甫时年五十七，身患肺病、疟疾、风痹、耳聋等多种疾病，故云。有孤舟：谓水上漂泊，只有以舟为家。

6　戎马：指战争。据史载，大历三年秋冬，吐蕃屡侵陇右、关中一带，京师戒严。因其地在岳阳西北，故曰“关山北”。

7　凭轩：倚楼上栏杆。涕泗流：犹言老泪纵横。涕泗，眼泪曰涕，鼻涕曰泗。

王 维

辋川闲居赠裴秀才迪

寒山转苍翠[1]，秋水日潺湲[2]。
倚杖柴门外[3]，临风听暮蝉[4]。
渡头余落日[5]，墟里上孤烟[6]。
复值接舆醉[7]，狂歌五柳前[8]。

此诗写闲居幽趣，寄寓作者高洁的情怀。首联对仗，动静结合，写得寒山有意，秋水含情，毫无秋景的萧瑟；颈联以白描手法，摹绘村野晚景，宛然如画。人谓王维诗中有画，但尤妙在画中有人。在这幅萧闲淡远的秋晚暮景图中，活现着两个潇洒出尘的幽人；颔联写的是诗人的自画像，它统摄全篇，占据着主要的位置。柴门之外，倚杖临风，听鸣蝉之噪晚、秋水之潺湲，而寒山苍翠之色、渡头落日之影、炊烟袅袅之景，无不在其视野之内，而又无不带有诗人主观的感情色彩。这是一位悠然自适、萧然出世的隐者，他和那位“策扶老以流憩，时矫首而遐观”（《归去来兮辞》）的陶渊明不是很像吗？所以末联即以五柳先生自比，任那位楚狂接舆式的道友裴迪乘醉狂歌于面前了。真可谓幽人幽景幽趣，千秋独步。

1　转：变换。

2　潺(chán)湲(yuán)：水缓流貌。

3　倚杖：拄着手杖。

4　临风：迎风。

5　渡头：渡口。

6　墟里：村落。此句化用陶渊明《归园田居》其一："暧暧远人村，依依墟里烟。"

7　值：恰遇。接舆：春秋时楚国隐士，此指裴迪。

8　五柳：陶渊明自号五柳先生，此自比陶渊明。

山居秋暝

空山新雨后，天气晚来秋。
明月松间照，清泉石上流。
竹喧归浣女[1]，莲动下渔舟。
随意春芳歇[2]，王孙自可留[3]。

诗写秋晚雨后山间景色，清新自然，明丽如画。中间两联，动静结合，以动显静，生意盎然；末联反用《楚辞》语意，表现了诗人对隐居生活的留恋和对理想境界的追求，遂使全篇景物皆活，融为一体，苍松、清泉、翠竹、青莲所构成的高洁意境，顿时注入一种超尘绝俗的人格力量，令人神往。张谦宜所谓“写真境之神品”（《䌹斋诗谈》），当指此。

1 竹喧：指竹间传来浣纱女的笑语声。

2 随意：有任凭意。春芳：春天生长的花草。歇：衰谢。

3 “王孙”句：《楚辞·招隐士》：“王孙兮归来，山中兮不可以久留。”此句反用其意。

归嵩山作

清川带长薄[1]，车马去闲闲[2]。
流水如有意，暮禽相与还。
荒城临古渡[3]，落日满秋山。
迢递嵩高下[4]，归来且闭关[5]。

诗写倦游归来复得自然的闲适情趣，但总掩饰不住一丝落寞失意的心绪。川薄清幽，车马悠闲，流水暮禽，相伴而归，世既与我相违，脱尘网而谐自然，岂非适得其所哉？但目睹荒城古渡，落日秋山，总不免萧索动情，有些凄然。王维虽深慕渊明之高怀，第四句更是直用陶“飞鸟相与还”“鸟倦飞而知还”诗意，但此时尚未达到陶渊明那样的思想境界，缺乏陶那种迷途知返、载欣载奔的狂喜。所以他归至嵩高之下，闭门谢客，不与世接，总带有无可奈何的味道。前人盛赞此诗“闲适之趣，淡泊之味，不求工而未尝不工者”（方回《瀛奎律髓》卷二十三），“非不求工，乃已雕已琢后还于朴，斧凿之痕俱化尔。”（纪昀《瀛奎律髓刊误》卷二十三）虽甚有理，但多偏重于文字技巧，浅尝辄止，尚未深求也。

1 长薄：即草泽地。草木丛生曰薄。

2　闲闲：悠然自得貌。

3　古渡：古渡口。

4　迢递：高远貌。嵩高：《白虎通·巡狩》篇："中央为嵩高者何？言其高大也。"

5　闭关：关门。此句有杜门谢客意。

终南山

太乙近天都[1]，连山到海隅[2]。
白云回望合，青霭入看无[3]。
分野中峰变[4]，阴晴众壑殊[5]。
欲投人处宿[6]，隔水问樵夫。

此诗极写终南山之峻伟雄奇景象，壮阔之中寓含细腻，可谓善写大景者。沈德潜曰："'近天都'，言其高；'到海隅'，言其远；'分野'二句，言其大。四十字中，无所不包，手笔不在杜陵（杜甫）下。""或谓末二句似与通体不配。今玩其语意，见山远而人寡也，非寻常写景可比"（《唐诗别裁集》卷九）。而"白云"二句，精妙绝伦，逼真如画，写尽山间云雾变幻之状，故张谦宜谓："看山得三昧，尽此十字中。"（《絸斋诗谈》卷五）

1　太乙：又称太一、太白，为终南山主峰，此代指终南山。近天都：极言其高。天都，天帝所居，此指天。一说天都指帝都长安，亦通。

2　海隅：海边，海角。

3　霭（ǎi）：云气。

4 分野：古时将天上的星宿与地上的州国相对应而划分隶属关系，就天文言，称分星；就地理言，称分野。中峰：即指终南山主峰太乙山。如山北为雍州，星属井、鬼；山南为梁州，星属翼、轸。以终南山主峰为划分的界限，极言山之广大。

5 壑：山谷。殊：不同。千山万壑，千姿百态，千差万别。接受阳光的程度不同，因而阴晴顿殊。极言山之高大。

6 人处：有人烟处。

酬张少府

晚年唯好静[1]，万事不关心。
自顾无长策，空知返旧林[2]。
松风吹解带，山月照弹琴。
君问穷通理[3]，渔歌入浦深。

首联二句，即把“万事不关心”的作者，与身居下僚、琐务缠身的张少府形成鲜明的对比。而颈联二句，则是对“万事不关心”闲适生活具体而形象的描绘。这种解带自适、弹琴自娱的生活，与那种簿书丛集、束带躬职的碌碌官场生涯，又形成鲜明的对比。二句对仗工整，节奏鲜明，情景相生，意境两谐，充分表现了王维的闲适情趣和生活理想。在他看来，松风有意，山月多情，这些无知之物都是充满感情的，都是善解人意的。但是，我们如果据此而认为诗人已完全陶醉于这种物我一体的无差别境界之中了，那又未免误解了诗人的深心。首句“晚年唯好静”，一个“唯”字即泄露了他那深隐的天机。“唯”者，只是也。只是晚年“好静”，那么中年呢？少年呢？原不是这个样子的。曾怀着满腔热血写过《老将行》《陇西行》《出塞作》《使至塞上》《观猎》等诗篇的作者，何以会发出“万事不关心”的消极喟叹呢？颔联二句，正委婉含蓄地道出了诗人这一转变的原因所在。所谓“自顾无长策”,只不过是自谦之词罢了。实际上,不是我无长策,而是我之长策不能为世所用、有志不获骋,也就只好“返旧林”隐居了。这里显然是有着壮志难酬的苦闷和牢骚在的。这里的“旧林”,即指其辋川别墅,而语出陶诗。陶渊明《归园田居》其一云:“少无适俗韵,性本爱丘山。误落尘网中,一去三十年。羁鸟恋旧林,池鱼思故渊。开荒南野际,守拙归园田。”王维的心原是与陶相通的,他对这位五柳先生是颇为企慕的,陶彭泽的解官归里,王摩诘的奉佛隐居,为的都是保真守拙。所以当张少府问他“穷通理”时,他避而不答,而只云“渔歌入浦深”了。这种以不答答之的含蓄笔法,是隐藏着若干潜台词的。穷通出处是一篇大文章,非一语所能尽。如果侈谈用之则行、舍之则藏的大道理,那又未免涉俗了,“高人王右丞”岂屑语此哉!结句五字,既是写景,又是寄意。这里的“渔歌”,实际上又暗用《楚辞·渔父》之意。“渔歌入浦深”,正如“松风吹解带”二句一样,作者为我们描绘了一幅生动形象而又含蕴无穷的图画,充分体现了王维“诗中有画”的妙境,淡而愈浓,近而愈远,发人深思,耐人寻味。有人推此诗为王维五律第一(李沂《唐诗援》),当不为过。

1　静：静修，指奉佛养性而言。

2　空知：徒知，只知。旧林：指辋川别墅。

3　穷：指失意、归隐。通：指得意、出仕。

过香积寺

不知香积寺，数里入云峰。
古木无人径，深山何处钟。
泉声咽危石[1]，日色冷青松。
薄暮空潭曲[2]，安禅制毒龙[3]。

此诗极写山中古寺之幽深静寂，但一笔不着寺之本身，而以周围景物烘托映衬之，最具淡远之神。开头以“不知”二字领起，突兀超忽，入山数里尚不知寺之所在，可见古寺之荒僻；下接以“无人径”“何处钟”，实写古寺之幽深僻静，但生动传神，令人向往；五、六二句，更见练字之工，精妙绝伦。赵殿成曰：“‘泉声’二句，深山恒境，每每如此。下一‘咽’字，则幽静之状恍然；著一‘冷’字，则深僻之景若见。昔人所谓诗眼是矣。”（《王右丞集笺注》卷七）张岱更云：“‘泉声’‘危石’‘日色’‘青松’，皆可描摩；而‘咽’字、‘冷’字，则绝难画出。故诗以空灵，才为妙诗。”（《琅嬛文集》卷三《与包严介》）前七句看似纯然写景，但诗人“唯好静”的禅趣情思却融化于景物描写之中，深山古寺的幽深空寂，正是佛家所追求的精神境界，末句“安禅制毒龙”揭出主旨，不仅说明佛法无边，佛力无穷，而且说明只有克服心中的欲念妄想，才能深悟禅理、领略恬淡宁静之幽趣。

1　咽：幽咽。

2　空：有宁静意。曲：曲折隐僻处。

3　安禅：犹坐禅，坐而修禅之意，为佛教僧人的修行方法。制：制服，降服。毒龙：传说佛之前身为毒龙，众生受害，但受戒后忍受猎人剥皮、小虫噬身，以至身干命终，后卒成佛。后以毒龙喻妄念。

送梓州李使君

万壑树参天，千山响杜鹃[1]。
山中一夜雨[2]，树杪百重泉[3]。
汉女输橦布[4]，巴人讼芋田[5]。
文翁翻教授[6]，不敢倚先贤[7]。

此为送人诗，因所送之人是到梓州，所以诗中句句皆切蜀中人事，最为可法。喻守真曰："此诗首四句是悬想梓州山林之奇胜，是切地。同时颔联重复'山''树'二字，即是紧承起首'千山''万壑'而来。律诗中用重复字，此可为法。颈联特写'汉女''巴人'，是叙蜀中风俗，是切事。有此一联，就移不到别处去。结尾寻出文翁治蜀化民成俗，是切人，以文翁拟李使君，官同事同，是极好的影戏。"（《唐诗三百首详析》）诗前四句写景尤为精妙，起势陡绝，一气贯注，意境雄阔。王士禛赞其"兴来神来，天然入妙，不可凑泊"（《古夫于亭杂录》卷三）。沈德潜誉其"尤为龙跳虎卧之笔"（《说诗晬语》卷上），神俊无匹。相对而言，后四句显得气弱不接、浑成不足。

1　"千山"句：诗写蜀地景物，故及杜鹃。

2　一夜雨：一作"一半雨"。

3　树杪（miǎo）：树梢。百重：百道，百叠。

4　汉女：即蜀女。嘉陵江，又称西汉水，境内梓潼水、涪水等流入，故云。输：纳税。橦布：橦花织成的布。橦（tóng），即木棉树。《文选》左思《蜀都赋》："布有橦华（同"花"）。"刘渊林注："橦华者，树名橦，其花柔毳，可绩为布也。"作者《送李员外贤郎》诗亦云："橦布作衣裳。"

5　巴人：犹蜀人。巴即今重庆地区。讼：争讼，发生纠纷争执。芋田：种芋头之地。

6　文翁：西汉时著名循吏，景帝末为蜀郡太守，仁爱百姓，重视教育，兴办学校，重用人才，结果使僻陋有蛮夷风的蜀地，教化大行。翻：反复。教授：传授知识。

7　不敢：赵殿成认为"当是'敢不'之讹"，可从。倚：效法，依照。先贤：指文翁。

汉江临眺

楚塞三湘接[1]，荆门九派通[2]。
江流天地外，山色有无中。
郡邑浮前浦[3]，波澜动远空。
襄阳好风日[4]，留醉与山翁[5]。

前人称誉王维“诗中有画,画中有诗”,此诗足以当之。中二联尤为人激赏。二联一虚写,一实写,将汉江烟波浩渺、雄浑壮阔的景象生动地呈现在读者眼前,意新理惬,风调秀雅,含蕴无限,最是神境。权德舆《晚渡扬子江却寄江南亲故》诗“远岫有无中,片帆风水上”即袭用王维诗,而欧阳修《朝中措》词“平山栏槛倚晴空,山色有无中”更全用王维句,可见影响深远。

1 楚塞:指楚国地界。三湘:说法不一,或谓湘潭、湘乡、湘阴(或湘源),或指潇湘、蒸湘、沅湘,或指潇湘、资湘、沅湘,多泛指今洞庭湖南北、湘江流域一带。

2 荆门:山名,《文选》郭璞《江赋》:“虎牙嵘竖以屹崒,荆门阙竦而盘礴。圆渊九回以悬腾,溢流雷响而电激。”李善注引盛弘之《荆州记》曰:“郡西溯江六十里,南岸有山,名曰荆门,北岸有山，名虎牙，二山相对，楚之西塞也。”九派：九条支流。

3　郡邑：指沿江的城市都邑。

4　好风日：好风光。

5　山翁：指山简。据《晋书·山简传》载：简镇襄阳，优游卒岁，唯酒是耽。豪族习氏有佳园池，简每出嬉游，多之池上，置酒辄醉，名之曰高阳池。

终南别业

中岁颇好道[1]，晚家南山陲[2]。
兴来每独往[3]，胜事空自知[4]。
行到水穷处[5]，坐看云起时。
偶然值林叟[6]，谈笑无还期[7]。

此诗有人编入古诗，实为五律拗体。此诗全以无心出之，兴来独往，胜事自知，兴之所至，纯任自然，信步水滨，水穷辄止，坐而看“云无心以出岫”，偶遇林叟，谈笑无厌时，乐而忘返，何等自由自在！信手写来，犹如行云流水，“有一唱三叹不可穷之妙”（方回语）。之所以如此，盖以“颇好道”故也。心静则景适，意闲则物随，盎然禅趣，一片化机。《苕溪渔隐丛话·前集》卷十五引《后湖集》云：“此诗造意之妙，至与造物相表里，岂直诗中有画哉？观其诗，知其蝉蜕尘埃之中，浮游万物之表者也。山谷老人云：‘余顷年登山临水，未尝不读王摩诘诗，固知此老胸次，定有泉石膏肓之疾。’”此诗用语、意境和风格，都颇类陶诗，可谓绚烂之极归于平淡者也。

1 中岁：中年，时王维四十多岁。好道：指信奉佛教。

2 南山：即终南山。陲：边。

3　兴:兴致。

4　胜事:赏心乐事。空:只。

5　水穷处:水尽头。

6　值:遇到。一作“见”。叟(sǒu):老人。

7　无还期:不定还期。无,一作“滞”。

孟浩然

临洞庭上张丞相

八月湖水平[1]，涵虚混太清[2]。
气蒸云梦泽[3]，波撼岳阳城[4]。
欲济无舟楫[5]，端居耻圣明[6]。
坐观垂钓者，徒有羡鱼情[7]。

前半写洞庭湖浩瀚无际，水天一色，汹涌澎湃，气势雄伟，"蒸"字、"撼"字，力重万钧，尤为警绝。这是写景，但那气蒸波撼的磅礴景象，不就是"怀鸿鹄志"（《浩然弟竹亭》）而不见用的孟浩然不平静心情的形象写照吗？所以他对景生情，发出"欲济无舟楫"的慨叹。士生"圣明"之世，理当"富且贵"，岂能久守贫贱耶？孟浩然与张九龄、王维等人为忘形之交，孟赴长安求仕时屡有酬唱，交情颇深。今张九龄遭权相李林甫排挤而被贬荆州长史，使他一则以喜，一则以惧：喜故人南来，惧仕途险恶。但他济世之心未泯，希翼故人援引之意未绝，"垂钓""羡鱼"云云，暗用姜太公垂钓渭滨而遇文王被重用事，已隐微表露了他求仕不得的心迹。前人但赏前四句写景之壮阔高浑，雄压千古，而对诗人心事浩茫弥洞庭的隐衷未予深探，甚或妄谓"上截过壮，下截不称"，"居然蛇足，无复深味”（毛先舒《诗辩坻》卷三）。瞽人说诗，不屑辩矣。此诗向与杜甫的《登岳阳楼》，并传千古，同耀诗坛。方回曰：“岳阳楼天下壮观，孟、杜二诗尽之矣。”又曰：“予登岳阳楼，此诗大书左序毬门壁间，右书杜诗，后人自不敢复题也。”（《瀛奎律髓》卷一）再加上宋代范仲淹脍炙人口的《岳阳楼记》，岳阳楼与洞庭湖，遂因之名垂千古而不朽矣！

1　平：指湖水涨满而与岸齐。

2　涵：包含。虚：元虚，指构成天地万物的元气。混：混一。太清：天空。

3　气蒸：水气蒸腾。云梦泽：古泽薮名。一说本二泽，江北为云，江南为梦；一说云梦实为一泽。其遗址约在今湖南益阳、湘阴以北，湖北江陵、安陆以南，武汉市以西地区，洞庭湖即在其内。

4　撼：一作“动”。

5　济：渡。楫（jí）：船桨。

6　端居：犹独处、闲居，此指隐居。圣明：犹言太平盛世。

7　坐：因，乃。垂钓者：喻出仕者。徒有：空有。羡鱼：《淮南子·说林训》：“临河而羡鱼，不如归家织网。”二句喻己欲仕而不能。

与诸子登岘山

人事有代谢[1]，往来成古今。
江山留胜迹[2]，我辈复登临。
水落鱼梁浅[3]，天寒梦泽深[4]。
羊公碑尚在，读罢泪沾襟[5]。

此诗借登临而发吊古伤今之思，写来全不费力，语淡情深，意趣清远，颇含哲理，耐人寻味。刘辰翁曰："不必苦思，自然好，苦思复不能及。"又曰："起得高古，略无粉色，而情境俱称，悲慨胜于形容，真岘山诗也。复有能言，亦在下风。"（《唐诗品汇》卷六十引）张谦宜则曰：上四"流水对法，一气滚出，遂为最上乘。意到气足，自然浑成，逐句摹拟不得"（《絸斋诗谈》卷五）。

1 代谢：新陈交替变化。

2 胜迹：名胜古迹，即指下羊公碑。

3 鱼梁：洲名。

4 梦泽：即云梦泽。

5 羊公碑：晋羊祜镇襄阳，颇受百姓爱戴，祜死，襄阳人在岘山为之立碑纪念。《晋书·羊祜传》："祜乐山水，每风景，必造岘山，置酒言咏，终日不倦。尝慨然叹息，顾谓从事中郎邹湛等曰：'自有宇宙，便有此山。由来贤达胜士，登此远望，如我与卿者多矣！皆湮灭无闻，使人悲伤。如百岁后有知，魂魄犹应登此也。'湛曰：'公德冠四海，道嗣前哲，令闻令望，必与此山俱传。'"祜卒后，"襄阳百姓于岘山祜平生游憩之所建碑立庙，岁时飨祭焉。望其碑者莫不流涕，杜预因名为'堕泪碑'"。

宴梅道士山房

林卧愁春尽[1]，搴帷览物华[2]。
忽逢青鸟使[3]，邀入赤松家[4]。
金灶初开火[5]，仙桃正发花[6]。
童颜若可驻[7]，何惜醉流霞[8]。

诗写梅道士邀饮过程，抒发隐逸情趣。因是道士邀隐士，故满纸充满仙气。但连用“青鸟”“赤松”“金灶”“仙桃”“流霞”等仙道语，使人有堆砌之感。

1 林卧：高卧林下，犹言隐居。

2 搴(qiān)帷：揭起帷帐。一作“开轩”。物华：美好的景物。

3 青鸟：神话传说为西王母使者，见《汉武故事》。此指梅道士所派小使。

4 赤松：仙人赤松子，传说为神农时雨师，此借指梅道士。

5 金灶：道士炼丹的炉灶。一作“丹灶”。

6 仙桃：神话传说西王母曾以玉盘盛仙桃送给汉武帝，称“仙桃三千年一开花，三千年一生实”。

7 童颜：年轻容颜。句谓青春不老。

8 流霞：传说中仙酒名。《论衡·道虚篇》云：河东蒲坂项曼都好道学仙，弃家三年而返，自述仙界生活，“口饥欲食，仙人辄饮我以流霞一杯，每饭一杯，数月不饥”。

岁暮归南山

北阙休上书[1]，南山归敝庐[2]。
不才明主弃[3]，多病故人疏[4]。
白发催年老，青阳逼岁除[5]。
永怀愁不寐[6]，松月夜窗虚[7]。

诗写落第后痛苦而愤懑的情绪，但措辞委婉，不咎人过，反而自谴，使人读来分明感到一种怀才不遇的苦闷和时不我待的焦虑，表现了作者复杂矛盾的心态。关于浩然落第归山的原因，《唐摭言》卷十一云："襄阳诗人孟浩然，开元中颇为王右丞所知。……维待诏金銮殿，一旦，召之商较风雅，忽遇上（唐玄宗）幸维所，浩然错愕伏床下，维不敢隐，因之奏闻。上欣然曰：'朕素闻其人。'因得诏见。上曰：'卿将得诗来耶？'浩然奏曰：'臣偶不赍所业。'上即命吟。浩然奉诏，拜舞念诗曰：'北阙休上书，南山归敝庐。不才明主弃，多病故人疏。'上闻之怃然曰：'朕未尝弃人，自是卿不求进，奈何反有此作！'因命放归南山，终身不仕。"此说颇为流行，历代诗话多所引用，且被载入正史。然实不足信。但"不才明主弃"云云，玄宗读到肯定是不会高兴的，而孟浩然对玄宗的不满，也是隐然可见的。顾嗣立《寒厅诗话》云："己苍先生尝诵孟襄阳诗‘不才明主弃，多病故人疏’云：‘一生失意之诗，千古得意之句。’”说得是颇俏皮而精到的。

1　北阙：皇宫北面的门楼，是大臣等候朝见或上书奏事的地方，后通称帝王宫禁为北阙，此代指朝廷。休上书：不要上书奏事。

2　敝庐：对自己家园的谦称。

3　不才：犹无才，系自称谦辞。明主：英明的君主，对皇帝的颂词。

4　疏：疏远。

5　青阳：指春天。岁除：岁尽。冬去春来，逼迫旧岁除去，故曰“逼岁除”。

6　不寐：睡不着。

7　虚：空彻透明。

过故人庄

故人具鸡黍[1]，邀我至田家。
绿树村边合[2]，青山郭外斜[3]。
开轩面场圃[4]，把酒话桑麻[5]。
待到重阳日[6]，还来就菊花[7]。

这首脍炙人口的田园诗，最能代表孟诗的风格：清淡自然，从容自在，亲切有味。首联叙故人盛情邀请，交代过访之由；颔联写故人庄优美景色，赏心悦目；颈联叙饮宴畅谈，亲密无间；尾联预订重过之期，情深意长。通篇叙事，句句口语，句句自然，率然天成，毫无雕琢造作之迹。所谓绚烂之极归于平淡，淡而浓，浅而深，绝类陶诗，臻于妙境，遂成绝唱。

1 具：置办。黍：黄米。鸡黍：指农家待客的饭菜。

2 合：环绕。

3 郭外：即庄外。

4 轩：指屋窗。一作"筵"。场圃：《诗经·豳风·七月》："九月筑场圃。"毛《传》："春夏为圃，秋冬为场。"郑玄笺："场圃同地。自物生之时，耕治之以种菜茹；至物尽成熟，筑坚以为场。"后世才分开，打谷者曰场，种菜者曰圃。

5　把酒：把盏饮酒。桑麻：指农事。

6　重阳日：农历九月九日重阳节。

7　“还来”句：古时风俗，重阳节登高赏菊，饮菊花酒。

秦中寄远上人

一丘常欲卧[1]，三径苦无资[2]。
北土非吾愿[3]，东林怀我师[4]。
黄金燃桂尽[5]，壮志逐年衰。
日夕凉风至，闻蝉但益悲[6]。

此诗直抒胸臆，表露了落第后的失意和困居长安的苦况。“三径苦无资”，则表现了孟浩然仕与隐的矛盾心情。仕非吾愿，况仕又无成，居长安实大不易。隐虽所欲，又苦于无资。隐居山林也是需要一定的经济基础的，枵腹隐居，那滋味也是不好受的。这种出处仕隐的矛盾，在我国封建社会的知识分子中很有代表性。孟浩然正是将这种苦闷倾吐给他的方外友，由此亦可见出诗人的率真。

1 一丘：常与一壑连用，丘指山，壑指谷，一丘一壑，常代指隐士居住的地方，亦用作隐遁的代称。

2 三径：西汉末，王莽专权，兖州刺史蒋诩辞官归隐乡里，荆棘塞门，于舍中辟三径，唯与知交过从。后用以代指隐者家园。此句自叹苦无归隐之资。

3 北土：指秦中。句谓赴京应举，本非己愿。

4　东林：即东林寺，在江西庐山，晋僧慧远创建。因远上人与其同名，故云。非谓远上人居庐山东林寺。

5　“黄金”句：《战国策·秦策一》：“(苏秦)说秦王书十上而说不行，黑貂之裘弊，黄金百斤尽，资用乏绝，去秦而归。”又《楚策三》：苏秦对楚王曰：“楚国之食贵于玉，薪贵于桂，谒者难得见如鬼，王难得见如天帝。今令臣食玉炊桂，因鬼见帝。”句谓旅况艰困，秦中难留。

6　凉风：秋风。二句谓秋风起，寒蝉鸣，有思归意。

宿桐庐江寄广陵旧游

山暝听猿愁，沧江急夜流[1]。
风鸣两岸叶，月照一孤舟。
建德非吾土[2]，维扬忆旧游[3]。
还将两行泪，遥寄海西头[4]。

诗分两截，上半写宿桐庐江之景，下半叙寄广陵旧游之意，中以"一孤舟""非吾土"相绾合。正因"非吾土"，故触景益增孤寂之感。上半之景，全是从沧江月夜中"一孤舟"来的。日暮山深中猿啼唤愁，夜来沧江里急流惊心。风吹木叶纷纷下，扰人情思；月光如水照孤舟，引人乡愁。前人谓上四句"二十字可作十五六层，而一气贯注，无斧凿痕迹"（蘅塘退士编《唐诗三百首》）。诗极写客游之孤，抒发思乡怀友之情。这种凄恻的感情，自然也夹杂着应举落第的失落感。

---

1 沧江：指桐庐江水呈暗绿色。

2 建德：今属浙江，唐为睦州州治，故址在今建德市梅城镇，地处新安江与兰溪会流处。非吾土：非己之故乡。浩然为湖北襄阳人，故云。

3 维扬：扬州的别称。

4 海西头：扬州位于东海之西，故云。

留别王维

寂寂竟何待[1]？朝朝空自归[2]。
欲寻芳草去[3]，惜与故人违[4]。
当路谁相假[5]？知音世所稀[6]。
只应守寂寞，还掩故园扉[7]。

孟浩然于开元十六年早春在长安应举落第，直到岁暮才回到故园，逗留长安半年多，又献赋上书以求汲引，但终无结果。困守长安期间，他失意落魄，饱尝人间冷暖、世态炎凉。一、三两联，正是这种奔波无成、寂寞无聊的生动写照。于是他想到归隐，但又难与故人违。他和王维交情颇深，志趣相投，欲别不忍，于是赠诗倾吐自己的抑郁愤懑之情；次联“欲”“惜”二字正表现了他的矛盾心情，犹豫徘徊，不忍遽去。但无情的现实，还是迫使他最后做出了回乡隐居的决定。虽然带有自我解嘲的意味，但在当时情势下，不失为正确的抉择。其同时所作的《秦中苦雨思归赠袁左丞贺侍郎》云：“跃马非吾事，狎鸥宜我心。寄言当路者，去矣北山岑。”《岁暮归南山》云：“北阙休上书，南山归敝庐。”表达的都是这种仕而不能则归隐的情绪。

1 寂寂：冷落寂寞。竟何待：究竟等待什么，意犹无所待。

2 朝朝：犹日日。

3 芳草：香草，比喻高洁的情操，此指隐逸。

4 故人：指王维。违：分离。

5 当路：当权者。假：借，引申为帮助、援引之意。

6 知音：用伯牙、钟子期知音事。

7 寂寞：一作“索寞”。掩：关上。二句谓隐居不仕，即陶渊明“守拙归园田”意。

早寒有怀

木落雁南渡，北风江上寒[1]。
我家襄水曲[2]，遥隔楚云端[3]。
乡泪客中尽，孤帆天际看[4]。
迷津欲有问[5]，平海夕漫漫[6]。

此诗反映了孟浩然应举落第后失意迷惘的心境。他东游吴越，原是为了排遣抑郁忧愤，但归隐与求仕的矛盾并没有解决。秋寒木落，北风呼啸，鸿雁南飞，引起他的乡思。但故乡远隔云水，可望而不可即。五、六两句，极写羁旅之苦，而"尽"字、"孤"字，尤为凄绝。在孤独苦闷中，他感到惘然，找不到出路。这种入世与出世两种绝然不同的人生态度，是很难并存的，因此需要作出抉择。像王维那样过着半官半隐的生活，当然不失为一种抉择，但孟浩然没有那种条件，做不到。孔子尚能向长沮、桀溺问津，孟浩然亦"欲有问"，求人指点迷津，但向谁问呢？平海漫漫，无处问津。这正表现了他的彷徨苦闷、孤独无依。

1　木落：树叶飘落。雁南渡：北雁南飞。二句化用鲍照《登黄鹤矶》："木落江渡寒，雁还风送秋。"

2 襄水曲：即襄水边。襄水，汉水流经襄阳的一段。

3 楚云端：襄阳古属楚地，故云。

4 孤帆：一作"归帆"。天际：天边。

5 迷津：犹迷途。浩然《南还舟中寄袁太祝》云："桃源无处是，游子正迷津。"此暗用孔子让子路向长沮、桀溺问津事。

6 平海：谓江水平阔。漫漫：广阔无际貌。

刘长卿

秋日登吴公台上寺远眺（寺即陈将吴明彻战场）

古台摇落后[1]，秋入望乡心。
野寺来人少，云峰隔水深。
夕阳依旧垒[2]，寒磬满空林[3]。
惆怅南朝事[4]，长江独至今。

此为怀古思乡之作。通过秋日登台远眺所见荒凉萧条景象，抒发了深沉的沧桑兴衰之感。首联点明时、地，照应题目；颔联上句近景，下句远景，情景相生；颈联两句，今昔对比，融情于景：残阳如血，旧垒鏖战，依稀可想。叶落林空，寒磬悠扬，充耳可闻。昔日战场，今成净地，巨大的反差，不禁引人惆怅之思；尾联二句，“南朝事”，照应题中“吴公台”，又与“古台”“旧垒”相关联，切地切事，章法严密，而以浩浩长江衬托惆怅怀古之情，大有往事难再、江流依旧之叹。“独至今”三字，悲慨极深，结得有力，令人回味无穷。

1　摇落：零落，指秋寒草木凋落。

2　旧垒：古堡垒，指吴公台。

3　磬：打击乐器，一般用玉或石制成。佛教的打击乐器，用铜制成。

4　南朝事：特指宋沈庆之、陈吴明彻等与吴公台有关之往事。

送李中丞归汉阳别业

流落征南将[1]，曾驱十万师[2]。
罢归无旧业[3]，老去恋明时[4]。
独立三边静[5]，轻生一剑知[6]。
茫茫江汉上[7]，日暮欲何之[8]。

诗以首起“流落”二字统领全篇，通过今昔对比，为英雄罢归惋惜，为贤才不终其用鸣不平。一、三两联写李中丞昔日的威武显赫：“征南将”，点明武将身份。统兵十万，威震三边，英勇善战，极力渲染当年的赫赫声威和卓越功勋；二、四两联写英雄今日的凄凉与穷而不堕素志的可贵品格：“无旧业”，平日不治家产，可见其廉。“恋明时”，罢归无怨，可见其忠。其人其行其品，可钦可敬，而今罢归，令人扼腕。故末联对其遭遇寄予深切的同情，茫茫江汉流不尽，沉沉暮色使人悲。最后“欲何之”三字，与开头“流落”二字遥相呼应，全篇语意连成一片，令人思绪翻滚，寻味无穷。此篇与王维《老将行》立意与写法颇有相似之处，风格悲壮激昂，胡应麟谓其“不减盛唐”，或以指此。

1　征南将：指李中丞。

2 驱:这里指统帅。

3 旧业:原有之产业。

4 明时:颂词,犹言盛世。

5 独立:独自镇守。三边:古以幽州、并州、凉州为三边,此泛指边境。静:指无战事。

6 轻生:不畏死。

7 江汉:长江和汉水,汉阳正当江汉汇流处。

8 何之:何处去。

饯别王十一南游

望君烟水阔，挥手泪沾巾[1]。
飞鸟没何处[2]，青山空向人[3]。
长江一帆远，落日五湖春[4]。
谁见汀洲上[5]，相思愁白苹[6]？

此诗全借景物来写离别之情，手法新颖，耐人寻味。喻守真评曰：“妙在全诗不见离别的字面，只写出饯送时的风景，将一片离情，完全融入于景中，所谓即景生情和情景兼融。”(《唐诗三百首详析》)

1 挥手：挥手告别。

2 飞鸟：语意双关，实写归鸟飞没，兼喻友人舟行已远，不知归宿何处。

3 空向人：枉向人。青山无情，不知离别，故曰“空向人”。

4 五湖：说法不一，此当指洞庭湖。

5 汀洲：水中平地。

6 白苹：一种水中浮草，开白花。

寻南溪常道士

一路经行处，莓苔见屐痕[1]。
白云依静渚[2]，芳草闭闲门[3]。
过雨看松色，随山到水源。
溪花与禅意[4]，相对亦忘言[5]。

这是一首寻人不遇的诗，但因所寻之人为佛门中人，故诗写得颇有禅趣。喻守真评曰：“本诗题眼在一‘寻’字，全诗就得从‘寻’字着想：首二句是一路寻来；三句是远望；四句是近看，是寻到了道士隐居之处，而道士不在，用‘闭门’来表示；五、六句是道士既不遇，看松寻源，亦有别趣，这是推开一层的说法。……末句以见溪花之自放，而悟禅理之无为，将寻不见的意义，尽情结出。”（《唐诗三百首详析》）此诗与卷一丘为《寻西山隐者不遇》、卷七贾岛《寻隐者不遇》二诗，都写寻人不遇，而各具特色，可以互参。

1 莓苔：青苔。屐痕：犹言足迹。屐，登山木屐。

2 渚：一作“者”。

3 闭闲门：言道士不在。

4 禅意：即佛教所谓心注一境、静虑审思、有所感悟的精神状态。禅,梵语“禅那”的省称。

5　忘言:语出《庄子·外物》:“言者所以在意,得意而忘言。吾安得夫忘言之人而与之言哉!”

新年作

乡心新岁切[1]，天畔独潸然[2]。
老至居人下[3]，春归在客先[4]。
岭猿同旦暮[5]，江柳共风烟。
已似长沙傅[6]，从今又几年。

刘长卿因谤而被贬岭南荒远之地，其忧愤之情可以想见。又适逢新年，思归心切，更增无限凄怆。整首诗全从首句“乡心新岁切”生出；三、四写老居人下，春归人前，正见归心之“切”；五、六写旦暮与岭猿相为伴，与江柳共风烟，以“同”字、“共”字与次句“独”字形成鲜明对比，其天畔流落孤苦之状，宛然如见，更增思乡之“切”；末以贾谊自比，抒写迁谪之感，用典妥帖，含情委婉；结句“从今又几年”，照应首句，岁月蹉跎，时不我待，益见思归之“切”。全篇巧密浑成，哀切深至，堪称佳作。

1 乡心：思乡之心。切：迫切。

2 天畔：犹天涯。潸（shān）然：泪流貌。

3 居人下：指遭贬。

4 “春归”句：谓春已归而己不能归。客，作者自谓。二句系从薛道衡《人日思归》“人归落雁后,思发在花前”化出。

5　岭猿:即指岭南之猿。岭,指五岭,在今湖南、广东、江西交界处。猿鸣凄哀,旦夕闻之,益动归思。

6　长沙傅:指贾谊。贾谊遭大臣谗毁,被贬长沙王太傅。此以贾谊自喻。

钱 起

送僧归日本

上国随缘住[1]，来途若梦行[2]。
浮天沧海远[3]，去世法舟轻[4]。
水月通禅寂[5]，鱼龙听梵声[6]。
惟怜一灯影，万里眼中明[7]。

因所送者为日本僧人，又是乘舟远渡重洋回国的，故诗紧扣佛法和渡海二者写意，全用佛家语，将沧海喻法海。沧海浮天，喻佛法无边。这位日本僧人，佛法精深，故能沧海远航，法舟去轻，水月、鱼龙皆通法缘，可谓法灯高照，佛法无边，慈航远渡，万里平安。但日僧由日本初来中国时，却是“若梦行”，而离开中国回日本时，已是“万里眼中明”，这完全是他在中土修行的结果。全诗充满海趣禅机，虚实相映生辉，深情厚谊，颂扬得体，含蓄蕴藉，耐人寻味。

1 上国：指唐帝国。随缘：随其机缘，不加勉强。

2 来途：指从日本到中国之路。

3 “浮天”句：谓乘舟往大海远处而去，水天相接，若浮于天际。沧海，大海。

4　去世：离开尘世。法舟：语义双关，既指乘舟渡海，又喻佛法无边，普度众生。

5　水月：语义双关，即实指海上明月，空明澄澈；又喻世事空幻，如水中之月。禅寂：意犹禅定，指僧人坐禅寂定，此指参禅、禅理。

6　梵声：指诵经之声。佛经亦称梵经。

7　惟怜：只爱。一灯：双关语，一指舟灯，一指法灯，喻佛法如灯，普照幽暗。二句祝愿日僧凭佛法保佑渡海万里，平安回国。

谷口书斋寄杨补阙

泉壑带茅茨[1]，云霞生薜帷[2]。
竹怜新雨后[3]，山爱夕阳时。
闲鹭栖常早，秋花落更迟。
家僮扫萝径[4]，昨与故人期[5]。

此诗前七句都写书斋内外景色，宛然一幅清新静谧的雨后秋景图。尤其是颔联二句，以拟人手法写景，一近一远，将雨后翠竹妩媚之姿与夕照青山绚丽之景相映成趣，活现目前。末句点题，盼望友人践约前来共赏美景，景为情设，画龙点睛，全诗顿活。

1 茅茨：茅屋，指书斋。

2 薜：薜荔，木本植物，茎缘木蔓生，披拂如帷帐，故曰“薜帷”。

3 怜：爱。

4 家僮：家中奴仆。萝：女萝，地衣类植物。

5 昨：先前。故人：指杨补阙。期：约会。